„Mit Hirn, Charme und Fermone – Filmriss" ist die Fortsetzung von

Mit Schirm, Darm und Patrone – Der Club der Killer

Drehbuch für eine Hommage auf Kultserien und Filmklassiker – Band 2

Die Story (so viel darf verraten werden)

Da sich **John Sweet** möglicherweise zu einem eiskalten Killer gewandelt hat, wird **Emma Feel** von **Mutter** zur Aufklärung reaktiviert. Hierbei stößt sie auf ein Komplott und bekommt unerwartete Hilfe von **Dr. Hannibal Lecker**. Aber er ist nicht der einzige Serienkiller, da sich **Dracula, Professor Moriarty, Jayson, Freddy Kluger** und **Jack The Ripper** im „Club der Killer" verabredet haben. Nicht nur Emma fragt sich, wer der Kopf der kriminellen Organisation ist: Auch **Nexter Morgan** und **Sherlock Holmes** sind den Verbrechern auf der Spur. Und diese führt alle zu **Balttey Towers**, ein Burghotel, das weitere Geheimnisse birgt.

Das Motto

Von **Mit Schirm, Charme und Melone** über **Fawlty Towers, Mini-Max: oder die unglaublichen Abenteuer des Maxwell Smart, Dexter, Das Schweigen der Lämmer, Die drei ???, Sherlock Holmes, Dracula, Psycho, Freitag der 13., Nightmare on Elm Street** bis zu **James Bond**. Dies sind wieder nur einige der Serien und Filme, die persifliert werden. Eine irrwitzige Geschichte mit allerlei Serienkillern und Horrorgestalten im Stil von **Der Wixxer**. Über 100 Minuten Angriff auf die Lachmuskeln garantiert.

Bereits bei BoD – Books on Demand.

Der Autor

Ian Simon Wilder steht wahrheitsgemäß für „I am not (Neil) Simon (or Billy) Wilder", wobei er diese beiden Künstler mindestens für den Dialogwitz in ihren Drehbüchern schätzt. Wilder, 1971 noch ohne Pseudonym in Göttingen geboren, lebt seit nunmehr über zwanzig Jahren in der kleinen Großstadt Hannover und ist – wenn er nicht verrückte Ideen ausbrütet – Prozessmanager und Projektleiter in einem Kreditinstitut. Er ist Serien- und Filmexperte – mehr im Schauen, als im Schaffen. Also bitte seht es ihm nach, wenn er auf manche Konvention des Drehbuchschreibens verzichtet und dafür andere Inhalte ergänzt.

Wilder würde sich freuen, wenn jemand an seine Tür klopft und freundlich mitteilt, dass er seine Drehbücher verfilmen möchte. Da ein An-der-Tür-Klopfen bei Verwendung eines Pseudonyms bekanntermaßen schwer fällt, bietet sich eine E-Mail an. Bitte nehmt hierzu Kontakt über https://ian-simon-wilder.jimdosite.com auf. Hier kann auch gern Lob, Kritik und Anregung abgeladen werden.

Alle Titel

1   Mit Zwirn, Faden und Melone – Staatsfeind Nr. 1 + Boris
    Drehbuch für eine Hommage auf Kultserien und Filmklassiker

2   Mit Schirm, Darm und Patrone – Der Club der Killer
    Drehbuch für eine Hommage auf Kultserien und Filmklassiker

3   Mit Hirn, Charme und Fermone – Filmriss
    Drehbuch für eine Hommage auf Kultserien und Filmklassiker

4   Traumpatrouille MARION – Sky High
    Drehbuch für eine Hommage auf Kultserien und Filmklassiker
    (in Arbeit – vorläufiger Titel)

5   Mit Schirm, Kahn und Matrose – Experiment IV
    Drehbuch für eine Hommage auf Kultserien und Filmklassiker
    (in Planung – vorläufiger Titel)

6   Remington Steel – Mein Bor, Stahl und Eisen bricht
    Drehbuch für eine Hommage auf Kultserien und Filmklassiker
    (in Planung – vorläufiger Titel)

Ian Simon Wilder

Mit Hirn, Charme und Fermone Filmriss

Drehbuch für eine Hommage auf Kultserien und Filmklassiker

Entstanden: November 2017 (bis Szene 6),
Oktober 2019 (ab Szene 7)

Bibliografische Information der Deutschen Nationalbibliothek:
Die Deutsche Nationalbibliothek verzeichnet diese Publikation in der Deutschen Nationalbibliografie, detaillierte bibliografische Daten sind im Internet über http://dnb.dnb.de abrufbar.

© 2021 Ian Simon Wilder

Herstellung und Verlag: BoD – Books on Demand, Norderstedt

ISBN: 978-3-7534-2610-5

Da die Liebe in der nachfolgenden Geschichte obsiegt, kann ich mein drittes (Dreh-)Buch nunmehr endlich meiner Frau widmen: Dies ist für Dich, Mellie.

Vorwort – Oder: Die Entstehung des Films

Bei meinen Drehbüchern habe ich bislang neben „Mit Schirm, Charme und Melone" immer einer großartigen weiteren Serie sehr viel Platz eingeräumt. War es bei „Staatsfeind Nr. 1" „Raumpatrouille" aus den 1960ern, folgte bei „Der Club der Killer" „Fawlty Towers" aus den 1970ern. Folgerichtig sind diesmal die 1980er dran. Meine Lieblingsserie dieses Jahrzehnts ist mit deutlichem Abstand „Remington Steele".

Laura Holt (Stefanie Zimbalist) ist Privatdetektivin und hat ein Problem: Sie ist für die damalige Zeit zu weiblich für den Beruf. Daher hat sie die männliche Titelfigur als ihren Chef erfunden. In der ersten Folge schlüpft Pierce Brosnan in die Rolle des Remington Steele. Tatsächlich hat er eine zwielichtige Vergangenheit, die in der Serie nach und nach offengelegt wird. Ab der zweiten Staffel werden sie von der resoluten, computeraffinen Mildred Krebs (Doris Roberts) unterstützt. Nach der vierten Staffel sollte die Serie mangels ausreichender Quote eingestellt werden. Als allerdings die Nachricht die Runde machte, dass Pierce Brosnan der neue James Bond werden soll, hatte man noch eine Mini-Staffel produziert, in der die Detektive in eine Agentengeschichte geraten. Pierce Brosnan konnte just aufgrund der Serienverpflichtung (zunächst) nicht James Bond werden und Timothy Dalton übernahm. In einem Interview aus den 1990ern zu seinem Start als Bond zeigte er sich aber zufrieden darüber, dass der Kelch zunächst an ihm vorüberging. Erst jetzt fühlte er sich wirklich reif für diese Rolle, bei der übermäßiges Rampenlicht für den Darsteller vorprogrammiert ist.

Aber zurück zu „Remington Steele": 1982 in den USA gestartet, lief die Serie bei uns erst 1985 zunächst im Vorabendprogramm der ARD. Bis Ende 1992 war das Vorabendangebot regional in Einzelprogramme aufgeteilt, die selbst gleiche Serienfolgen zu unterschiedlichen Zeitpunkten zeigten. MEIN „Remington Steele" lief im Regionalfenster des NDR. Dort hatte ich – geschätzt in 1984 – bereits Pierce Brosnan in seiner ersten großen Mini-Serie „Die Manions aus Amerika" gesehen. Bis heute erschließt sich mir der Titel nicht, da es eigentlich die O'Manions aus Irland sind. Aber auch der Originaltitel lautet „The Manions of America". Anders beim Film mit dem zutreffenden Titel „Quigley down under" mit Tom Selleck. Obwohl Quigley nur von Amerika nach Australien gereist war, meint der deutsche Titel, dass „Quigley der Australier" ist. Aber ich schweife schon wieder ab.

Ungefähr in der Mitte einer Folge von „Remington Steele" erfolgte eine mehrminütige Werbeunterbrechung. Diverse Folgen fehlten zunächst bzw. wurden in der falschen Reihenfolge ausgestrahlt. Dies hat man als junger Zuschauer glücklicherweise nicht gemerkt. Letztlich wurde die Serie von der ARD nicht vollständig gezeigt. Die Lücken wurden erst 1993 durch Pro7 geschlossen. Hierbei erfolgte allerdings eine Unachtsamkeit in der Synchronisation.

Während sich Laura und Remington in der ARD-Synchronisation grundsätzlich duzen, siezen sie sich später bei Pro7. Ach, dazu habe ich mir gar keinen Gag einfallen lassen.

Was für mich allerdings eine schöne Ausgangslage bedeutete, war der Umstand, dass der Darsteller Efrem Zimbalist Jr. die Nebenrolle Daniel Chalmers einnahm. Er war auf der einen Seite Stefanie Zimbalists tatsächlicher Vater und auf der anderen Seite eine Vaterfigur für Harry, Remington Steeles Alter Ego aus der Vergangenheit. Dies kompliziert die Beziehung zwischen Remington Steele (in der nachfolgenden Geschichte Remington Steel) und Laura Holt (Laura Bolt) ungemein.

Und nun viel Spaß mit dem Drehbuch zu „Filmriss".

Hannover, 03.02.2021   **Ian Simon Wilder**

P. S.: „Fermone" ist kein Rechtschreibfehler, sondern ein kleiner, mir völlig unbekannter Ort in Italien, der im Weiteren auch überhaupt keine Rolle spielen wird. Ich hätte im Titel wirklich gern „Pheromone" verwandt, aber das klingt leider in keinster Weise ähnlich wie die vertraute „Melone".

Filmriss

Szene 1

Set:	**Außen – Vor dem British Secret Service**
Personen:	**Feel, Peter, Sandwich-Man, Statisten**
Dauer:	**2:30 Min.**

Set:	*Großer gepflasterter Platz in der Stadt mit Bänken und Grünanlagen. Ggf. auch ein Springbrunnen oder etwas anderes Besonderes. Im Hintergrund ist ein Bürogebäude zu sehen, auf dem der Schriftzug „British Secret Service" angebracht ist.* *Platz für zahlreiche Personen.* [1]
Statisten:	(laufen über den Platz oder sitzen auf Bänken) [2]
Feel/ Peter:	(laufen auf ein Gebäude zu, auf dem „British Secret Service" steht, und schauen jeweils in Richtung des Gebäudes) [3]
Peter:	*Peter Feel* *Kurze Haare. Keine weiteren Vorgaben aus der Serie bekannt, da nur als Kleindarsteller aufgetreten.* *Parodiert Peter Peel aus „Mit Schirm, Charme und Melone"* „Emma, hältst Du es für die richtige Entscheidung?" [4]
Feel:	*Emma Feel* *Dunkle, halblange Haare, im schwarzen Lederanzug. Agentin für den britischen Geheimdienst.* *Parodiert Emma Peel aus „Mit Schirm, Charme und Melone"* (bleibt stehen und dreht sich zu Peter) „Was meinst Du, Peter? Dass ich den Dienst erneut quittiere?" [5]
Peter:	(bleibt stehen und dreht sich zu Feel) „Nein, dass Du so umwerfend angezogen bist! – Ja, natürlich meine ich Deine berufliche Entscheidung!" [6]
Feel:	„Aber, Peter ..." [7]
Peter:	(hakt nach) „Emma, Du hast dies bereits einmal für mich getan und ich bin Dir sehr dankbar dafür. Aber als Du Deinen Partner Sweet und mit ihm letztlich mal wieder die ganze Welt gerettet hast, habe ich gemerkt, wie viel Dir Deine

Agententätigkeit bedeutet."[8]

Bearbeitung: *Musikstart Blur – The Universal (1995).*[9]

Kamera: *Schwenk zu Sandwich-Man.*
                  Zoom-in zur Großaufnahme Plakat-Vorderseite des Sandwich-Mans.[10]

Regie: *Plakattext: „Zu sehen in ‚Mit Schirm, Darm und Patrone – Der Club der Killer'. Jetzt auf DVD und Blu Ray."*[11]

Sandwich-Man: Sandwich-Man
                  Trägt große Plakatwände auf seiner Vorder- und Rückseite.
                  (dreht sich um)[12]

Kamera: *Zoom-in zur Großaufnahme Plakat-Rückseite des Sandwich-Mans.*[13]

Regie: *Plakattext: „Und Emmas erster Abschied rührte uns in ‚Mit Zwirn, Faden und Melone – Staatsfeind Nr. 1' zu Tränen. Natürlich auch auf DVD und Blu Ray."*[14]

Kamera: *Zoom-out zur Halbnahen.*
                  Schwenk zu Feel und Peter.[15]

Bearbeitung: *Musikende.*[16]

Feel: (schockiert)
                  „Die können doch nicht allen Ernstes bereits im Vorspann Werbung machen."[17]

Peter: (achselzuckend)
                  „Vielleicht denken die Verantwortlichen, dass dieser Film nicht so gut laufen wird wie die Vorgänger und die Leute bereits kurz nach Beginn das Kino verlassen."[18]

Feel: (angriffslustig)
                  „Mit Action hält man die Leute meist gut bei der Stange."[19]

Peter: (irritiert)
                  „Emma, was hast Du vor?"[20]

Feel: (angriffslustig)
                  „Ach, ich zeige dem Sandwich-Man nur ein bisschen Karate."
                  (bewegt sich Richtung Sandwich-Man)[21]

Bearbeitung: *Musikstart Blur – Song 2 (1997).*[22]

Sandwich-Man: (dreht sich erneut um)[23]

Kamera: *Zoom-in zur Halbnahen von Feel und Sandwich-Man.*[24]

Bearbeitung: *Zeitrafferstart.*[25]

Feel: (bearbeitet mit den Füßen die Plakat-Vorderseite, geht um den Sandwich-Man herum und bearbeitet auch die Plakat-Rückseite)[26]

10

Regie:	*Die Plakate werden zerstört, die Kleidung vom Sandwich-Man wird unordentlich und zerfetzt, er bekommt noch Frisur mit hoch stehenden Haaren verpasst.* [27]
Bearbeitung:	*Zeitrafferende.* *Musikende.* [28]
Statisten:	(sind teilweise stehengeblieben, um sich den ungleichen Kampf anzusehen; manche machen mit ihrem Smartphone Bilder) [29]
Feel:	(geht wieder zu Peter, strahlt) „Ah, das hat gut getan. Wie böse Buben jagen. – Wo waren wir stehen geblieben, Peter?" [30]
Peter:	„Genau das meine ich. Du musst Schurken jagen, damit es einem armen Sandwich-Man nicht so geht wie in ‚Stirb Langsam – Jetzt erst recht'. Bruce Willis, Samuel L. Jackson und Jeremy Irons, Touchstone 1995." [31]
Feel:	(irritiert) „Wieso zitierst Du plötzlich einen Film?" [32]
Peter:	(verschmitzt) „Ach, das dient nur zum Aufwärmen für das Publikum. Nachher kommt jemand, der damit vermeintlich die schwierigsten Fälle löst. – Aber ich schweife ab. Emma, Du solltest nicht den Dienst quittieren. Vielmehr spiele ich mit dem Gedanken auch auf Schurkenjagd zu gehen." [33]
Feel:	(irritiert) „Du willst auch zum britischen Geheimdienst?" [34]
Peter:	(druckst etwas herum) „Nicht so ganz. Nach meiner kostspieligen, bionischen Arm-Operation ist ein Mann namens Steve Boston auf mich aufmerksam geworden. Ich soll als 6-Millionen-Dollar-Mann beim ‚Office of Scientific Intelligence' in den USA gefährliche Wissenschaftler, Cyborgs und Außerirdische jagen." [35]
Feel:	(überrascht) „Peter! – Aber was wird dann aus uns, wenn Du in Amerika und ich in England bin?" [36]
Peter:	(lächelt) „Ich wusste, dass Du diese Frage stellst. Ich habe mit Steve Boston bereits gesprochen: Die Verbrechensbekämpfung muss in Zeiten der Globalisierung international erfolgen und die USA und England sollen eng zusammenarbeiten." [37]
Feel:	(schelmisch) „Wie eng?" [38]
Peter:	(geht auf Feel zu und drückt sie an sich) „Sehr eng, Schatz." [39]

Feel/ Peter:	(küssen sich) [40]
Regie:	*Heftige Blitze, die keine normale Wettererscheinung darstellen. Szene 1 und 2 gehen mit den Blitzen ineinander über.* [41]

Szene 2

Set:	Außen – Vor dem British Secret Service
Personen:	Sweet, Feel, Sandwich-Man
Dauer:	2:00 Min.

Statisten: (laufen über den Platz oder sitzen auf Bänken) [1]

Sweet/ Feel: (küssen sich) [2]

Sweet: *John Sweet*
Dunkle, kurze Haare, im Anzug mit Krawatte, Schirm und Melone. Agent für den britischen Geheimdienst.
Parodiert John Steed aus „Mit Schirm, Charme und Melone"
(löst sich)
„Wofür war der denn, meine Liebe?" [3]

Feel: (irritiert)
„Ich ... ich weiß es nicht." [4]

Sweet: „Nun, Mrs. Feel, ich kann nicht behaupten, dass es mir nicht gefallen hat. Aber ich halte eine Beziehung unter Kollegen für falsch." [5]

Feel: (fängt sich)
„Dem kann ich nur zustimmen, Sweet."
(kurz grübelnd)
„Sollte nur ein Bussi sein." [6]

Sweet: (erleichtert)
„Dann ist es ja gut. – Mrs. Feel, was macht eigentlich Ihr Freund Ralph Fiennes?" [7]

Feel: „Der muss immer noch an der ‚Goldenen Himbeere' zehren. Und Ihre Freundin Uma Thurman?" [8]

Sweet: „Die muss dann wohl Ihrem Freund dabei helfen." [9]

Bearbeitung: *Musikstart Blur – The Universal (1995).* [10]

Kamera: *Schwenk zu Sandwich-Man.*
Zoom-in zur Großaufnahme Plakat-Vorderseite des Sandwich-Mans. [11]

Regie: *Plakattext: „Ralph Fiennes und Uma Thurman haben den grauenvollen Film ‚Mit Schirm, Charme und Melone' gedreht, der den Negativ-Preis ‚Goldene Himbeere' erhielt."* [12]

Sandwich-Man: (dreht sich um) [13]

Kamera:	*Zoom-in zur Großaufnahme Plakat-Rückseite des Sandwich-Mans.* [14]
Regie:	*Plakattext: „Greifen Sie stattdessen zu ‚Mit Zwirn, Faden und Melone – Staatsfeind Nr. 1' und ‚Mit Schirm, Darm und Patrone – Der Club Der Killer'. Natürlich auf DVD und Blu Ray."* [15]
Kamera:	*Zoom-out zur Halbnahen.* *Schwenk zu Sweet und Feel.* [16]
Bearbeitung:	*Musikende.* [17]
Feel:	(schockiert) „Die können doch nicht allen Ernstes bereits im Vorspann Werbung machen." [18]
Sweet:	(achselzuckend) „Vielleicht denken die Verantwortlichen, dass dieser Film nicht so gut laufen wird wie die Vorgänger und die Leute bereits kurz nach Beginn das Kino verlassen." [19]
Feel:	(angriffslustig) „Mit Action hält man die Leute meist gut bei der Stange." [20]
Sweet:	(irritiert) „Mrs. Feel, was haben Sie vor?" [21]
Feel:	(angriffslustig) „Ach, ich zeige dem Sandwich-Man nur ein bisschen Karate." (bewegt sich Richtung Sandwich-Man) [22]
Bearbeitung:	*Musikstart Blur – Song 2 (1997).* [23]
Sandwich-Man:	(dreht sich erneut um) [24]
Kamera:	*Zoom-in zur Halbnahen von Feel und Sandwich-Man.* [25]
Bearbeitung:	*Zeitrafferstart.* [26]
Feel:	(bearbeitet mit den Füßen die Plakat-Vorderseite, geht um den Sandwich-Man herum und bearbeitet auch die Plakat-Rückseite) [27]
Regie:	*Die Plakate werden zerstört, die Kleidung vom Sandwich-Man wird unordentlich und zerfetzt, er bekommt noch Frisur mit hoch stehenden Haaren verpasst.* [28]
Bearbeitung:	*Zeitrafferende.* *Musikende.* [29]
Statisten:	(sind teilweise stehengeblieben, um sich den ungleichen Kampf anzusehen; manche machen mit ihrem Smartphone Bilder) [30]
Feel:	(geht wieder zu Sweet, strahlt) „Ah, das hat gut getan. Wie böse Buben jagen. – Wo waren wir stehen geblieben, Sweet?" [31]

Sweet:	„Genau das meine ich. Sie brauchen eine vernünftige Beziehung, damit es einem armen Sandwich-Man nicht so geht wie in ‚Stirb Langsam – Jetzt erst recht'. Bruce Willis, Samuel L. Jackson und Jeremy Irons, Touchstone 1995."[32]
Feel:	(irritiert) „Wieso kommt mir das alles nur so bekannt vor? Mir ist irgendwie komisch zumute."[33]
Sweet:	(hilfsbereit) „Vermutlich brauchen Sie nur etwas Ruhe, meine Verehrteste. Wir erledigen nur noch unseren aktuellen Auftrag und dann soll uns Mutter einmal Urlaub gönnen."[34]

Szene 3

Set: Außen/ Innen – Bürogebäude/ Flur

Personen: Harry

Dauer: 1:15 Min.

Set: *Bürogebäude in der Nacht mit zwei rückwärtigen, nicht gut einsehbaren Nebeneingängen. Einer dieser Eingänge ist auf Höhe Erdgeschoss und hat eine Glasscheibe, dahinter ist ein langer Flur mit Notbeleuchtung zu sehen. Der andere Eingang ist auf Höhe Kellergeschoss und hat eine Stahltür mit einem dicken Vorhängeschloss. Hier ist keine Beleuchtung zu sehen. Im Bürogebäude selbst sind viele Flure, auf denen die verschiedenen Büros liegen. Bei allen Büros sind die Türen geschlossen. Auf den Türen sind maschinell erstellte Namensschilder angebracht. Im Kellergeschoss sind viele Zwischentüren. An freien Wandelementen hängen dort eingerahmte Filmplakate von Kinoklassikern wie „Casablanca", „Spiel mir das Lied vom Tod", „Eins, zwei, drei" oder „Zurück in die Zukunft", bei denen Crew-Angaben teilweise geändert wurden.*
Platz für 3 Personen. [1]

Regie: *In das Gebäude wird parallel, aber unabhängig voneinander über die beiden Nebeneingänge eingebrochen: Harry über das Kellergeschoss (Szene 3) und Sweet und Feel über das Erdgeschoss (Szene 3 parallel).*
Das Timing ist aufgrund der Geräusche bei der Musik sehr wichtig, daher ist rechts eine Zeitleiste angebracht. [2]

Bearbeitung: *Kein Geräusch.*   -0:05
                  Grafikinsert schwarzes Bild.
                  Aufblenden. [3]

Kamera: *Nahe von Kellertür.* [4]

Regie: *Auf der Kellertür ist ein Schild „Eine MellieTerry Produktion".* [5]

Bearbeitung: *Musikstart Laurie Johnson – The Avengers (1965).* [6]   0:00

Harry: *Harry*
                  Sehr dunkle, etwas längere Haare.
                  (seine Hände erscheinen am Vorhängeschloss und fummeln daran herum) [7]

Harry: *(seine Hände verschwinden kurz und eine Hand kehrt mit Waffe*   0:08
                  zurück, die auf das Schloss gerichtet ist) [8]

Regie: *Schuss von Harry muss zum Original-Schuss passen.* [9]   0:12

Harry:	(öffnet die Eingangstür und tritt ein) [10]
Regie:	*Die folgenden Kamerafahrten sollen die Bewegung und die Blicke von Harry andeuten. Von Harry selbst ist ggf. nur der Arm bzw. die Hand zu sehen, die Türen öffnen.* [11]
Kamera:	*Fahrt an Harry vorbei und Linksdreh um ca. 90 Grad.* *Nahe von Tür auf der linken Seite.* [12]
Regie:	*Auf der Tür ist ein Schild mit WC-Zeichen Herren und Darstellername von Sweet.* [13] 0:15
Kamera:	*Rechtsdreh um ca. 180 Grad.* *Nahe von Tür auf der rechten Seite.* [14]
Regie:	*Auf der Tür ist ein Schild mit WC-Zeichen Damen und Darstellername von Feel.* [15] 0:18
Kamera:	*Linksdreh um ca. 90 Grad.* *Fahrt ein paar Schritte nach vorn.* *Rechtsdreh um ca. 90 Grad.* *Nahe von Tür auf der rechten Seite.* [16]
Regie:	*Auf der Tür ist ein Schild mit Darstellername von Steel.* [17] 0:21
Kamera:	*Linksdreh um ca. 180 Grad.* *Nahe von Tür auf der linken Seite.* [18]
Regie:	*Auf der Tür ist ein Schild mit Darstellername von Bolt.* [19] 0:24
Bearbeitung:	*Schnitt.* [20]
Kamera:	*Nahe von Glasscheibe der Eingangstür.*
Sweet:	(zerstört mit seinem Schirm die Glasscheibe der Eingangstür)
Regie:	*Zerstören der Scheibe durch Sweet muss zum Original-Anstoßen Champagnergläser passen.* 0:27
Kamera:	*Fahrt zurück bis sie hinter Sweet und Feel steht.*
Sweet:	(nimmt das Einstecktuch seines Sakkos, bindet sich dies um die linke Hand und geht nach rechts zum Türknauf)
Feel:	(bewegt sich nach links um Sweet von der Seite zu beobachten)
Kamera:	*Nahe von Eingangstür (zwischen Sweet und Feel hindurch)*
Regie:	*Auf der Tür ist geschrieben: „in – Mit Hirn, Charme und Fermone – Filmriss".* 0:31
Sweet:	(greift mit der Hand durch die eingeschlagene Scheibe, drückt von innen den Türknauf, macht ein Zeichen des Erfolges und lässt die Tür weit aufgleiten)
Feel:	(schlüpft an Sweet vorbei durch die Tür)

Sweet/ Feel:	(gehen einige Schritte bis sie zu einer Hinweistafel kommen)
Kamera:	*Fahrt an Sweet und Feel vorbei.*
	Großaufnahme von der Hinweistafel.
Regie:	*Auf der Hinweistafel steht oben „In weiteren Rollen".* 0:42
Kamera:	*Halbnahe von Sweet und Feel.*
Sweet:	(zeigt mit seinem Schirm nach links auf eine weitere Hinweistafel)
Kamera:	*Großaufnahme Hinweistafel.*
Regie:	*Auf der Hinweistafel steht Darstellername von Mutter.* 0:46
Kamera:	*Halbnahe von Sweet und Feel.*
Feel:	(schüttelt ihren Kopf und zeigt nach rechts auf eine weitere Hinweistafel)
Kamera:	*Großaufnahme Hinweistafel.*
Regie:	*Auf der Hinweistafel steht Darstellername von Craps.* 0:49
Kamera:	*Halbnahe von Sweet und Feel.*
Sweet:	(winkt ab und zeigt nach vorn auf eine weitere Hinweistafel)
Kamera:	*Großaufnahme Hinweistafel oberer Teil.*
Regie:	*Auf der Hinweistafel steht oben Darstellername von Manner.* 0:52
Kamera:	*Halbnahe von Sweet und Feel.*
Feel:	(nickt, geht zur Hinweistafel und zeigt auf den unteren Teil)
Kamera:	*Großaufnahme Hinweistafel unterer Teil.*
Regie:	*Auf der Hinweistafel steht unten „und", Darstellername von Fishcop* 0:55 *und „als Dr. Walter Fishcop".*
Bearbeitung:	*Schnitt.* 0:57
Kamera:	*Fahrt Steel hinterher.* [21]
Steel:	(entdeckt Filmplakat auf der rechten Seite und geht ganz nahe heran) [22]
Kamera:	*Detail von leicht verändertem Filmplakat „Spiel mir das Lied vom Tod".* [23]
Bearbeitung:	*Textinsert „Kamera:" und Name Kameramann.* [24] 0:59
Kamera:	*Halbtotale von Steel.* [25]
Steel:	(dreht sich zum Filmplakat auf der linken Seite und geht ganz nahe heran) [26]
Kamera:	*Detail von leicht verändertem Filmplakat „Zurück in die Zukunft".* [27]

Bearbeitung:	*Textinsert „Executive Producer:" und Name Executive Producer.* [28]	1:02
Kamera:	*Halbtotale von Steel.* [29]	
Steel:	(geht weiter, entdeckt weiteres Filmplakat auf der rechten Seite und geht ganz nahe heran) [30]	
Kamera:	*Detail von leicht verändertem Filmplakat „Eins, zwei, drei".* [31]	
Bearbeitung:	*Textinsert „Drehbuch: Ian Simon Wilder".* [32]	1:05
Kamera:	*Halbtotale von Steel.* [33]	
Steel:	(dreht sich zum Filmplakat auf der linken Seite und geht ganz nahe heran) [34]	
Kamera:	*Detail von leicht verändertem Filmplakat „Casablanca".* [35]	
Bearbeitung:	*Textinsert „Regie:" und Name Regisseur.* [36]	1:08
Bearbeitung:	*Musikende.* [37]	1:12
Bearbeitung:	*Abblenden zu schwarz.* *Musikende.* [38]	1:13

Szene 3 parallel

Set:	Außen/ Innen – Bürogebäude/ Flur
Personen:	Sweet, Feel
Dauer:	**0:30 Min.** (ohne Anrechnung auf die Gesamtdauer)

Kamera: *Nahe von Glasscheibe der Eingangstür.* [1]

Sweet: (zerstört mit seinem Schirm die Glasscheibe der Eingangstür) [2]

Regie: *Zerstören der Scheibe durch Sweet muss zum Original-Anstoßen*   0:27 *Champagnergläser passen.* [3]

Kamera: *Fahrt zurück bis sie hinter Sweet und Feel steht.* [4]

Sweet: (nimmt das Einstecktuch seines Sakkos, bindet sich dies um die linke Hand und geht nach rechts zum Türknauf) [5]

Feel: (bewegt sich nach links um Sweet von der Seite zu beobachten) [6]

Kamera: *Nahe von Eingangstür (zwischen Sweet und Feel hindurch)* [7]

Regie: *Auf der Tür ist geschrieben: „in – Mit Hirn, Charme und Fermone –*   0:31 *Filmriss".* [8]

Sweet: (greift mit der Hand durch die eingeschlagene Scheibe, drückt von innen den Türknauf, macht ein Zeichen des Erfolges und lässt die Tür weit aufgleiten) [9]

Feel: (schlüpft an Sweet vorbei durch die Tür) [10]

Sweet/ Feel: (gehen einige Schritte bis sie zu einer Hinweistafel kommen) [11]

Kamera: *Fahrt an Sweet und Feel vorbei.* *Großaufnahme von der Hinweistafel.* [12]

Regie: *Auf der Hinweistafel steht oben „In weiteren Rollen".* [13]   0:42

Kamera: *Halbnahe von Sweet und Feel.* [14]

Sweet: (zeigt mit seinem Schirm nach links auf eine weitere Hinweistafel) [15]

Kamera: *Großaufnahme Hinweistafel.* [16]

Regie: *Auf der Hinweistafel steht Darstellername von Mutter.* [17]   0:46

Kamera: *Halbnahe von Sweet und Feel.* [18]

Feel: (schüttelt ihren Kopf und zeigt nach rechts auf eine weitere Hinweistafel) [19]

Kamera:	Großaufnahme Hinweistafel. [20]	
Regie:	Auf der Hinweistafel steht Darstellername von Craps. [21]	0:49
Kamera:	Halbnahe von Sweet und Feel. [22]	
Sweet:	(winkt ab und zeigt nach vorn auf eine weitere Hinweistafel) [23]	
Kamera:	Großaufnahme Hinweistafel oberer Teil. [24]	
Regie:	Auf der Hinweistafel steht oben Darstellername von Manner. [25]	0:52
Kamera:	Halbnahe von Sweet und Feel. [26]	
Feel:	(nickt, geht zur Hinweistafel und zeigt auf den unteren Teil) [27]	
Kamera:	Großaufnahme Hinweistafel unterer Teil. [28]	
Regie:	Auf der Hinweistafel steht unten „und", Darstellername von Fishcop und „als Dr. Walter Fishcop". [29]	0:55
Bearbeitung:	Schnitt. [30]	0:57

Szene 4

Set:	Innen – Bürogebäude, Raum
Personen:	Sweet, Feel, Harry
Dauer:	3:45 Min.

Set: *Büroraum mit edlem Schreibtisch, hochwertigem Chefsessel, holzvertäfelten Wandschränken, teuren Gemälden an den Wänden, Skulpturen und einem runden Besprechungstisch mit vier wertigen Stühlen. Auf dem Schreibtisch sind nur ein zusammengeklapptes Notebook und eine grüne Bibliothekslampe zu sehen. Der Boden ist grasgrün und in einer Ecke steht eine Golftasche, aus der mehrere Eisen herausragen, und in einer anderen Ecke ist ein Loch im Boden eingelassen, aus dem eine Zielfahne mit Golf-Logo herausragt. An einer Wand ist ein Tresor eingebaut, der durch ein bereits abgehängtes Gemälde verdeckt wurde.*
Platz für 3 Personen. [1]

Sweet/ Feel: (betreten den Raum und sehen Harry) [2]

Sweet: (streckt den Schirm zum Angriff aus)
„Wer sind Sie?" [3]

Feel: (geht in Karate-Stellung)
„Was machen Sie hier?" [4]

Harry: (lässig)
„Mein Name tut nichts zur Sache. Sie können mich John Robie nennen. Oder Arsène Lupin. Oder einfach Harry. Und ich mache wohl das Gleiche wie Sie." [5]

Sweet: (irritiert)
„Bitte?" [6]

Harry: (lässig)
„Nun, Sie sind genauso wie ich hier eingebrochen ..." [7]

Feel: (unterbricht, etwas aufgeregt)
„Ach, dann haben Sie geschossen?!" [8]

Harry: (lässig)
„Das Schloss war etwas widerspenstig." [9]

Sweet: (zurückhaltend)
„Woher wollen Sie wissen, dass wir Einbrecher sind?" [10]

Harry: (lässig)
„Es war deutlich das Klirren einer Scheibe zu hören."

	(zeigt auf Sweets Schirm)
	„Ich nehme an, dass das Corpus Delicti ist."[11]
Sweet:	„Ganz recht."[12]
Harry:	(lässig)
	„Sehen Sie. Das war doch gar nicht so schwer. Mehrere Personen brechen unabhängig voneinander zeitgleich in das gleiche Gebäude ein. Das erinnert mich übrigens an ‚Die Traumtänzer'. Burt Reynolds, Casey Siemaszko, 20th Century Fox 1989."[13]
Feel:	(stöhnt)
	„Schon wieder ein Filmzitat."[14]
Sweet:	(ächzt)
	„Ich fürchte, es wird noch mehr geben."[15]
Harry:	(lässig)
	„Nun, da klar ist, dass wir alle Einbrecher sind: Ich benötige aus persönlichen Gründen lediglich eine Taschenuhr, die in diesem Tresor sein muss."
	(zeigt auf einen Tresor an der Wand)
	„Aber wer sind Sie und hinter was sind Sie her?"[16]
Sweet:	(nimmt den Schirm runter und zeigt mit der freien Hand auf Feel)
	„Das ist Emma Feel ..."
	(nimmt seine Hand zurück)
	„... und ich bin John Sweet. Wir sind vom britischen Geheimdienst und benötigen brisante Dokumente, die ebenfalls in diesem Tresor sein müssen."
	(zeigt auch auf den Tresor an der Wand)[17]
Feel:	(verlässt ihre Angriffsposition)[18]
Harry:	(lässig)
	„Dann trifft es sich doch gut, Mrs. Feel und Mr. Sweet. Wir öffnen gemeinsam den Tresor und jeder nimmt sich, was er benötigt."
	(geht auf Sweet und Feel zu)
	„Abgemacht?"
	(streckt Hand für Pakt aus)[19]
Kamera:	*Großaufnahme von Hand in der Aufsicht (Top-Shot).*[20]
Feel:	„Abgemacht!"
	(legt eine Hand auf Harrys Hand)[21]
Sweet:	„Abgemacht!"
	(legt eine Hand auf Feels Hand)[22]
Harry:	„Also abgemacht!"
	(legt seine zweite Hand auf Sweets Hand)[23]

Kamera:	*Halbtotale des ganzen Raums.* [24]
Harry/ Sweet/ Feel:	(lösen die Paktstellung auf) [25]
Sweet:	„Mr. Robie – Lupin ..." [26]
Harry:	(unterbricht, lässig) „Einfach ‚Harry'." [27]
Sweet:	„Also, Harry. Haben Sie bereits eine Idee, wie sich der Tresor öffnen lässt?" [28]
Harry:	(lässig) „Na, ich würde es mit einem Stethoskop probieren." (holt es aus seinem Jackett, stöpselt die Ohrstücke in seine Ohren und hält das Endstück auf den Tresor) [29]
Kamera:	*Zoom-in zur Halbnahen von Tresor der Marke „Franz Jäger, Berlin" und Zahlenschloss.* [30]
Harry:	(nur Hände sichtbar, faltet Finger wie zum Gebet und drückt dann von außen nach innen bis die Finger knacken, öffnet die Figur und dreht mit Fingerspitzengefühl am Schloss) [31]
Regie:	*Mit jedem Dreh ändert sich die Musik.* [32]
Bearbeitung:	*Musikstart Papa Bue's Viking Jazzband – Olsen Banden (Die Olsenbande) (1968).* [33]
Harry:	(aus dem Off) „Mächtig gewaltig, Egon. ‚Die Olsenbande'. Nordisk 1968." [34]
Bearbeitung:	*Musikende.* *Musikstart Henry Mancini – The Pink Panther Theme (1963).* [35]
Harry:	(aus dem Off) „Wer hat an der Uhr gedreht? ‚Der rosarote Panther'. David Niven, Peter Sellers. MGM 1963." [36]
Bearbeitung:	*Musikende.* *Musikstart Larry Adler and his Harmonica – Le Rififi (1955).* [37]
Harry:	(aus dem Off) „Rififi - raffiniert ausgeklügeltes, in aller Heimlichkeit ausgeführtes Verbrechen. Gaumont 1955." [38]
Bearbeitung:	*Musikende.* [39]
Kamera:	*Halbtotale des ganzen Raums.* [40]
Harry:	(schlägt verärgert beide Handflächen auf die Tresortür) „Verdammt! Der Tresor lässt sich nicht öffnen." (greift zur Waffe und schießt auf den Tresor) [41]

Sweet:	(laut) „Dirty Harry, das bringt doch nichts. Lassen Sie es mich einmal versuchen!" (geht zum Tresor) [42]
Harry:	(geht zur Seite) [43]
Kamera:	*Zoom-in zur Nahen vom Schirm.* [44]
Sweet:	(drückt Knopf auf Schirm) [45]
Regie:	*Ein Laserstrahl kommt aus der Spitze des Schirms und wird auf den Tresor gerichtet.* [46]
Sweet:	(aus dem Off) „Nicht nur James Pond bekommt eine Spezialausstattung. Regenschirm mit Hochleistungs-Laserstrahl." [47]
Kamera:	*Halbtotale des ganzen Raums.* [48]
Sweet:	(verärgert, angespannt) „Das funktioniert nicht! Den Weißkitteln aus dem Labor werde ich die Leviten lesen, wenn wir zurück sind!" [49]
Feel:	(laut) „Sweet, dann lassen Sie einmal eine Frau ran!" (geht zum Tresor) [50]
Sweet:	(geht zur Seite) [51]
Kamera:	*Zoom-in zur Halbnahen von Tresor der Marke „Franz Jäger, Berlin" und Zahlenschloss.* [52]
Bearbeitung:	*Zeitrafferstart.* [53]
Feel:	(tritt rundherum gegen die Wand, die den Tresor umgibt, ca. 10 Tritte) [54]
Bearbeitung:	*Zeitrafferende.* [55]
Regie:	*Die Tresortür fällt heraus.* [56]
Kamera:	*Halbtotale des ganzen Raums.* [57]
Feel:	(streicht sich ihre Haare wieder zurecht) „So macht man das, meine Herren!" (führt eine Hand in den Tresor, wühlt darin herum und zieht Dokumente heraus) „Ah, hier sind unsere Dokumente." (geht zur Seite) [58]
Harry:	(geht zum Tresor, führt eine Hand in den Tresor, wühlt darin herum und holt eine Uhr heraus) „Und hier ist die Taschenuhr." (betrachtet sie genauer, murmelt) „Mit Gravur ‚Für Harry von Dad'." [59]

Sweet:	„Da nunmehr alle haben, was Sie wollten, schlage ich vor, dass wir zügig den Rückzug antreten."[60]
Harry:	(blickt noch mal zum Tresor) „Da sind aber noch ein paar hübsche Wertsachen drin."[61]
Feel:	(sinniert) „Räumen Sie den Tresor ruhig komplett leer. Dies ist im Zweifel auch für uns besser, da dann eher vermutet wird, dass ein gewöhnlicher Einbrecher am Werk war."[62]
Harry:	(etwas zerknirscht) „Ich halte mich zwar nicht für gewöhnlich, aber diese Beute sollte ich nicht ausschlagen. – Dann wünsche ich Ihnen alles Gute, Mrs. Feel und Mr. Sweet. Ich brauche dann nur noch einen Augenblick." (holt einen kleinen Sack hervor, öffnet diesen mit der einen Hand und greift mit der anderen wieder in den Tresor)[63]
Sweet:	„Ihnen auch alles Gute, Harry." (tritt ab)[64]
Feel:	„Leben Sie wohl, Harry." (tritt ab)[65]

Szene 5

Set:	Innen – Zentrale, Vorzimmer
Personen:	Sweet, Mutter, Moneymany
Dauer:	1:30 Min.

Set:	*Länglicher Büroraum mit einer Eingangstür an der einen kurzen Seite und einem Fenster an der anderen kurzen Seite. Vor dem Fenster steht quer ein voll ausgestatteter Schreibtisch (Telefon, PC, Tastatur, Maus, diverse Notizzettel und Stifte). Vor dem Schreibtisch steht ein Bürostuhl. Auf der linken Längsseite ist ungefähr mittig eine Durchgangstür zum Büro von Mutter. Rechts und links von dieser Tür sind Sideboards. Das Sideboard in der Nähe des Schreibtischs steht offen. Auf der gegenüberliegenden Längs-seite ist eine Schrankwand, die ein Stück vor dem Schreibtisch endet. Auf dem Platz dazwischen steht ein Kleiderständer mit extra Haken für Hüte. Platz für 2 Personen.* [1]
Sweet:	(betritt Vorzimmer) [2]
Moneymany:	*Miss Moneymany* *Dunkle, längere Haare, im Kostüm. Ursprünglich Sekretärin von M beim MI6. Nach dem Tod von James Pond brauchte sie eine Veränderung.* *Parodiert Miss Moneypenny aus „James Bond"* (sitzt am Schreibtisch) [3]
Sweet:	(lächelt) „Guten Morgen, Moneymany." [4]
Moneymany:	(lächelt) „Hallo, James ... äh ... John." (etwas zerknirscht) „Ich muss mich wohl noch an meinen neuen Arbeitsplatz gewöhnen." [5]
Sweet:	(mitfühlend) „Es tut mir leid, dass Sie nach dem Tod von James Pond Ihren Job beim MI6 aufgeben mussten." [6]
Moneymany:	(tapfer) „Ich hatte ihn sehr geliebt, obwohl er dies nicht wusste und wahrschein-lich auch nicht erwidert hätte." [7]
Sweet:	(versucht abzulenken und nimmt seine Melone ab und wirft sie auf den Garderobenständer) [8]
Moneymany:	(sieht den Wurf und fängt zu heulen an) „In dem Büro hatte mich zu viel an James erinnert." [9]

Sweet:	(etwas zerknirscht) „Oh, dann war es von Mutter wohl keine gute Idee, dass der Garderoben-ständer mitgenommen wurde." (nimmt die Melone wieder vom Garderobenständer und legt sie auf das vordere Sideboard und streicht sanft darüber, beschwichtigend) „Hier macht sich mein Stetson sowieso viel besser." [10]
Moneymany:	(lächelt, noch verschnupft) „Vielen Dank, … äh … John." [11]
Sweet:	(lächelt, zeigt zur Durchgangstür) „Kann ich bei Mutter vorstellig werden?" [12]
Moneymany:	(lächelt) „Aber ja, John! Er erwartet Sie schon. Und Mrs. Feel ist schon bei ihm." [13]
Sweet:	(murmelt) „Wie macht sie das immer nur so schnell?" [14]
Moneymany:	(irritiert) „Bitte?" [15]
Sweet:	(verlegen) „Ach, Moneymany. Meine Partnerin ist immer so fix. Eben noch im Einsatz und jetzt schon beim Chef." [16]
Moneymany:	(zwinkert Sweet zu) „Dafür haben Sie sich viel besser in Schale geworfen." [17]
Sweet:	(nickt) „Vielen Dank für das Kompliment, das ich gern zurückgebe." (geht zur Durchgangstür) [18]
Moneymany:	(lächelt) „Oh, John!" [19]
Mutter:	*Mutter (Chef von Sweet und Feel)* *Dunkle, kurze Haare, fülligere Statur, dunkler Anzug mit Nelke im Knopf-loch, sitzt im Rollstuhl.* *Parodiert Mutter aus „Mit Schirm, Charme und Melone"* (über Lautsprecher) „Genug Süßholz geraspelt. John, kommen Sie endlich rein!" [20]
Sweet/ Moneymany:	(blicken sich verunsichert an) [21]
Sweet:	(angesäuert) „Hat Mutter hier Kameras und Mikrofone angebracht? Nirgendwo hat man mehr seine Privatsphäre." [22]
Mutter:	(über Lautsprecher, bellt) „Kameras und Mikrofone sind nicht erforderlich. Ihre Charmeoffensiven

sind mir hinlänglich bekannt." [23]

Sweet:	(erschrocken)
	„Ich komme, Mutter!"
	(nickt Moneymany erneut zu, öffnet die Durchgangstür und tritt ab) [24]
Kamera:	*Zoom-in zur Halbnahen von Moneymany und ihrem Telefon.* [25]
Moneymany:	(schaut zum Telefon, murmelt)
	„Ach, verflixt. Die Lautsprecher waren noch vom letzten Telefonat eingeschaltet, das ich durchgestellt hatte. Das sollte ich James, ... äh ... John, wohl besser nicht beichten." [26]

Szene 6

Set:	Innen – Zentrale, Büro Mutter
Personen:	Sweet, Feel, Mutter
Dauer:	2:00 Min.

Set: *Großer Büroraum, der ausschließlich über die Tür zum Vorzimmer betreten werden kann. Rechts und links von dieser Tür sind Sideboards, die alle geschlossen sind. Auf den Sideboards stehen wertige Dekorationsgegenstände. Ein sehr großer, massiver Schreibtisch aus dunklem Holz steht gegenüber der Tür. Der Schreibtisch ist voll ausgestattet: Telefon, PC, Tastatur, Maus, handbeschriebenes Briefpapier in Lederhüllen und ein Füller in einem offenen Füllfederhalter. Hinter dem Schreibtisch ist ein Bürostuhl. Oberhalb der Sitzposition ist an der dahinter liegenden Wand ein riesiges Bild von Großbritannien angebracht. Schottland, Wales und Nordirland sind abgetrennt und mit EU-Emblem versehen: zwölf gelbe Sterne im Kreis vor dunkelblauen Hintergrund. Alle Landesbezeichnungen sind in englischer Sprache angegeben: „Scotland", „Wales", „Northern Ireland" und „Great Britain". Vor „Great Britain" sind in einer abgesetzten Schriftfarbe die Wörter „not so" ergänzt. Auf der Außenseite verläuft eine durchgehende Fensterfront. Die Sicht ist durch teilweise geschlossene Jalousien eingeschränkt. Vor dem Schreibtisch stehen zwei einladende weinrot bezogene Stühle. Die dem Fenster gegenüberliegende Seite ist mit einer massiven, dunkelbraunen Schrankwand belegt, die vollständig geschlossen ist. Platz für 3 Personen.* [1]

Mutter: (sitzt hinter seinem Schreibtisch und blickt zur Tür) [2]

Feel: (sitzt schräg vor dem Schreibtisch und blickt zur Tür) [3]

Sweet: (kommt zur Tür rein, blickt Mutter an, angespannt) [4]
„Guten Tag, Mutter. Ich bin indigniert."
(blickt zu Feel)
„Mrs. Feel." [5]

Feel: (nickt Sweet zu) [6]

Mutter: (weist Sweet mit der Hand einen Platz am Schreibtisch) [7]

Sweet: (angespannt)
„Ich ziehe es vor stehenzubleiben."
(bewegt sich zum Fenster) [8]

Mutter: (lächelt Sweet an)
„John, nun machen Sie nicht so ein Gesicht! Ich habe Sie doch nur ein

wenig aufziehen wollen." [9]

Sweet:	(etwas weniger angespannt) „Das ist Ihnen vortrefflich gelungen, Mutter." [10]
Mutter:	(lächelt Sweet an) „John ..." (wendet sich Feel zu) „... und Emma. Ich bin mit Ihrer Arbeit sehr zufrieden. Die Dokumente sind von größter Wichtigkeit." (zeigt auf Dokumente auf seinem Schreibtisch) „Mit den Panama Papers konnten wir die dubiosen Machenschaften von Universal Exports aufdecken. Mit dieser Firma wurden Unsummen Steuern hinterzogen und dieses Geld für Waffen und Söldner ausgegeben. Wir konnten nunmehr einen Maulwurf einschleusen, der die Hintermänner enttarnen soll." [11]
Feel:	„Dann hoffen wir mal, dass er das Unternehmen ordentlich aufwirbelt." [12]
Sweet:	„Und dass er nicht erwischt wird. Ich fürchte, dass er dann nicht geltend machen kann, unter Naturschutz zu stehen." [13]
Mutter:	(etwas hart) „Das sollte nicht IHRE Sorge sein. – Emma hat mir schon berichtet, dass Ihnen beiden etwas Auszeit gut täte." [14]
Sweet:	(schiebt die Jalousien etwas beiseite und schaut aus dem Fenster raus) [15]
Kamera:	*Fahrt an Sweet vorbei und folgt seinem Blick auf die Straße, auf der wieder der Sandwich-Man steht.* [16]
Statisten:	(laufen über den Platz)
Mutter:	(aus dem Off) „In Anbetracht Ihrer konstant hohen Leistungen gegen den ‚Staatsfeind Nr. 1‘, dieser durchtriebene Doktor ..."
Kamera:	*Zoom-in zur Großaufnahme Plakat-Vorderseite des Sandwich-Mans.*
Regie:	*Plakattext: „Im Film ‚Mit Zwirn, Faden und Melone – Staatsfeind Nr. 1‘ war dafür eine Reise durch Zeit und Raum erforderlich."*
Mutter:	(aus dem Off) „... und den ‚Club der Killer‘ im Hotel New Balttey Towers räume ich Ihnen zwei Wochen Urlaub ein."
Sandwich-Man:	(dreht sich um)
Kamera:	*Zoom-in zur Großaufnahme Plakat-Rückseite des Sandwich-Mans.*
Regie:	*Plakattext: „Im Nachfolger ‚Mit Schirm, Darm und Patrone – Der Club der Killer‘ starben die Menschen wie die Fliegen. Beide Filme auf DVD und Blu Ray."*

31

Kamera:	*Zoom-out zur Nahen.*
	Schwenk zu Sweet. [17]
Sweet:	(lässt die Jalousien wieder zurückfallen und dreht sich zu Feel)
	„Mrs. Feel, Ihr Lieblings-Sandwich-Man macht draußen wieder Werbung." [18]
Feel:	(abwehrend)
	„Nun, da der Film läuft und wir unseren Urlaub bekommen, kann der auch Werbung für den KGB machen, wenn er will." [19]
Sweet:	„Dafür haben die bestimmt kein Budget." [20]
Mutter:	„Ein wunder Punkt, John. Auch unsere Mittel sind begrenzt. Das Labor hat eine Budgetüberschreitung geltend gemacht, da der Regenschirm mit Hochleistungs-Laserstrahl nachgebessert werden muss." [21]
Feel:	„Kommt auf den Anwendungsbereich an: Wenn ich jemandem nur den Weg zeigen möchte, schafft der Schirm das mit dem Laserpointer schon ganz ordentlich." [22]
Mutter:	(etwas hart)
	„Ihr Sarkasmus bringt uns nicht weiter. Dass unsere Mittel nicht für eine ordentliche Urlaubskasse reichen tut mir leid, aber ich kann Ihnen dennoch ein Angebot machen." [23]
Sweet:	„Sir?" [24]
Mutter:	„Der Erlebnispark ‚Wayne-World' hat wieder geöffnet." [25]
Feel:	(freudig)
	„Wir können unseren Urlaub in diesem exklusiven Park verbringen?" [26]
Mutter:	„Ja, ich habe zwei Tickets für Sie."
	(öffnet eine Schublade und holt die Tickets heraus)
	„Damit können Sie sich die Themenparks ‚West-Wayne-World' und ‚Future-Wayne-World' ansehen. Der Milliardär und Eigentümer Blues Wayne ist ein guter Freund von mir." [27]

Szene 6 parallel

Set:	**Außen – Vor dem British Secret Service**
Personen:	**Mutter, Sandwich-Man, Statisten**
Dauer:	**0:30 Min. (ohne Anrechnung auf die Gesamtdauer)**

Statisten:	(laufen über den Platz) [1]
Mutter:	(aus dem Off) „In Anbetracht Ihrer konstant hohen Leistungen gegen den ‚Staatsfeind Nr. 1‘, dieser durchtriebene Doktor ...“ [2]
Kamera:	*Zoom-in zur Großaufnahme Plakat-Vorderseite des Sandwich-Mans.* [3]
Regie:	*Plakattext: „Im Film ‚Mit Zwirn, Faden und Melone – Staatsfeind Nr. 1‘ war dafür eine Reise durch Zeit und Raum erforderlich.“* [4]
Mutter:	(aus dem Off) „... und den ‚Club der Killer‘ im Hotel New Balttey Towers räume ich Ihnen zwei Wochen Urlaub ein.“ [5]
Sandwich-Man:	(dreht sich um) [6]
Kamera:	*Zoom-in zur Großaufnahme Plakat-Rückseite des Sandwich-Mans.* [7]
Regie:	*Plakattext: „Im Nachfolger ‚Mit Schirm, Darm und Patrone – Der Club der Killer‘ starben die Menschen wie die Fliegen. Beide Filme auf DVD und Blu Ray.“* [8]
Kamera:	*Zoom-out zur Nahen.* [9]

Szene 7

Set:	Innen – Wayne Manor, Foyer
Personen:	Sweet, Feel, Mutter, Anyworth
Dauer:	3:00 Min.

Set:	*Oberstes Stockwerk von einem sehr großen Treppenhaus. Die einzelnen Stufen haben eine großzügige Breite und sind aus Marmor. Sie laufen in einem Achteck um einen voll verkleideten Fahrstuhlschacht. Der Fahrstuhlausgang liegt einer großen und hohen Eingangstür gegenüber. Durch großzügige Fenster tritt viel Sonnenlicht ein.* [1] *Platz für 4 Personen.*
Sweet:	(schnauft) „Waren das viele Stufen. Es könnte wohl nicht schaden, wenn ich wieder mehr trainiere." [2]
Feel:	(atmet ruhig) „Es waren genau 777 Stufen. Und ja, Sie müssen offensichtlich wieder mehr trainieren!" [3]
Kamera:	*Schwenk zu sich öffnender Fahrstuhltür.* [4]
Bearbeitung:	*Musikstart Reinhard Mey – Über den Wolken (1974) irgendwo mittendrin, verzerrt aus Lautsprecher im Fahrstuhl.* [5]
Mutter:	(rollt aus Fahrstuhl) „Ah, Sie sind schon da. Tut mir leid, dass Sie laufen mussten, aber mit meinem Rollstuhl passte leider keine weitere Person in den Aufzug. – Wenn es Sie tröstet: Der Fahrstuhl fuhr rekordverdächtig langsam und der Titel ‚Über den Wolken' wurde in dieser Zeit bestimmt mindestens fünf Mal gespielt." [6]
Regie:	*Fahrstuhltür schließt sich.* [7]
Bearbeitung:	*Musikende.* [8]
Feel:	„Der Titel passt aber für die gewonnene Höhe recht gut." [9]
Mutter:	„Blues nennt sich scherzhaft auch ‚The Man In The High Castle'." [10]
Sweet:	(noch leicht schnaufend) „Nur gut, dass er nicht auch noch ein ‚Highlander' ist und wir einen Berg besteigen müssen. – Christopher Lambert, Sean Connery. Thorn EMI Screen Entertainment, 1986." [11]
Mutter:	(fährt zur Tür und drückt die Klingel) [12]

34

Anyworth:	*Alfred Anyworth*
	Älterer, ergrauter Mann im Livree. Im Dienst von Blues Wayne alias Bat-fan.
	Parodiert Alfred Pennyworth aus „Batman"
	(öffnet die Tür, schaut bekümmert) [13]
Mutter:	(lächelt)
	„Hallo Alfred, darf ich Ihnen Emma Feel und John Sweet vorstellen?"
	(zu Sweet und Feel)
	„Emma, John, das ist Alfred Anyworth, die treue Seele von Blues."
	(zu Anyworth)
	„Sie schauen so bedrückt, Alfred. Stimmt etwas nicht?" [14]
Anyworth:	„Mrs. Feel, Gentlemen, Master Blues ist tot!" [15]
Mutter:	(schockiert)
	„Aber er war im besten Alter. Also so mein Alter." [16]
Anyworth:	(dozierend)
	„Er hat gemäß abschließendem Polizeibericht Selbstmord begangen." [17]
Mutter:	(noch schockierter)
	„Selbstmord? Das ist ausgeschlossen. Alfred, daran glauben Sie doch selbst nicht, oder? Was ist passiert?" [18]
Anyworth:	„Master Blues ist unten in die Batcave gestürzt." [19]
Sweet:	(noch leicht schnaufend)
	„Von hier oben?" [20]
Anyworth:	„Nein, er war mit Aufzug 2 zum Eingang der Höhle gefahren. Dort besteht kein großer Höhenunterschied mehr." [21]
Sweet:	(noch leicht schnaufend)
	„Stopp! Aufzug 2? Soll das heißen, wir hätten auch fahren können?"
	(dreht sich zu Mutter) [22]
Mutter:	(achselzuckend)
	„Ach, stimmt. Den gibt es ja auch noch."
	(zu Sweet)
	„Tut mir leid, John. Aber Emma hat auch recht: Sie müssen unbedingt trainieren." [23]
Sweet:	(noch leicht schnaufend, zu Mutter)
	„Aber nicht jetzt! Wir sind im Urlaub. – Ähm … sind wir dies noch angesichts des Unglücks?" [24]
Mutter:	(zu Anyworth)
	„Alfred, ich hatte Emma und John zum Besuch von ‚Wayne-World' eingeladen und wollte selbst mit Blues über alte Zeiten plauschen. Doch so unerwartet ist alles anders. – Kann es nicht ein Unfall gewesen sein?" [25]

Anyworth:	(zu Mutter) „Mutter, ich glaube weder an einen Selbstmord, noch an einen Unfall. Master Blues hat sich viele Feinde gemacht. Ich bin mir sicher, dass es Mord war."[26]
Feel:	(erregt) „Mord!" (zu Mutter) „Mutter, statt ‚Wayne-World' könnten wir zur Abwechslung auch hier Ermittlungen aufnehmen?"[27]
Mutter:	„Ich weiß nicht, ob …"[28]
Anyworth:	(zu Mutter) „Tut mir leid, dass ich Sie unterbrechen muss, Mutter. Ich habe bereits die Detektei ‚Remington Steel' beauftragt, die den Ruf genießt, dass sie der High Society an den Kragen gehen wird."[29]
Sweet:	„Was ist denn DAS für ein Ruf?"[30]
Anyworth:	„Den haben sie sich bereits in den 1990ern auf Pro 7 erarbeitet. Da Master Blues sich vorwiegend in dieser Szene aufgehalten hat, vermute ich auch dort den Mörder. Und wenn dem so ist, werden Mr. Steel und seine Mitarbeiterinnen diesen schnappen. – Wir sollten das weitere mit ihnen besprechen. Bitte kommen Sie herein."[31]

Szene 8

Set:	Innen – Wayne Manor, Esszimmer
Personen:	Sweet, Feel, Mutter, Steel, Bolt, Craps, Anyworth
Dauer:	8:15 Min.

Set:	*Großes, sonnendurchflutetes Esszimmer mit einer umlaufenden Galerie. Ein massiver Holztisch steht in der Raummitte und ist von zwölf Stühlen aus Leder und Stahlrohren umgeben. Auf dem Tisch ist über die gesamte Länge ein weißer Läufer ausgelegt. An den Wänden hängen mehrere groß-formatige Bilder in Rahmen aus gebürstetem Stahl: Porträts von Robin, Batfan und Garth Helga sowie Filmplakate von „Wayne's World" und „Wayne's World 2".* *Platz für 7 Personen.* [1]
Sweet/ Feel:	(sehen Harry, irritiert) „Harry?" [2]
Steel:	*Harry entpuppt sich als Remington Steel* *Sehr dunkle, etwas längere Haare, im Anzug mit Krawatte. Namensgeber einer Detektei aus Los Angeles mit dunkler Vergangenheit.* *Parodiert Remington Steele aus „Remington Steele"* (macht gegenüber Bolt und Craps unauffälliges Signal mit der Hand, dass Sweet und Feel schweigen sollen) [3]
Bolt:	*Laura Bolt* *Dunkelblonde, lange Haare, im Kostüm. Gern mit Hut. Privatdetektivin und Erfinderin des Namens „Remington Steel"* *Parodiert Laura Holt aus „Remington Steele"* (schaut zu Steel) „Harry? Ist da etwas, dass ich wissen sollte, Mr. Steel?" [4]
Steel:	(etwas bedröppelt, zu Bolt) „Ganz und gar nicht, Mrs. Bolt. Ich vermute, dass die Neuankömmlinge einfach durstig sind und nach einem Herrenhäuser gefragt haben." (zu Sweet und Feel) „Nicht wahr?" [5]
Anyworth:	(geht dazwischen, kritisch) „Herri – Ein Bier aus Hannover?" (diplomatisch) „Um das leibliche Wohl kümmern wir uns gleich. Darf ich die Herrschaften zunächst miteinander bekannt machen?" [6]
Craps:	*Mildred Craps*

Hell gefärbte, kurze, lockige Haare. Von etwas kleinerer und fülligerer Statur. Ehemalige Steuerfahnderin, die nun das Sekretariat von „Remington Steel" leitet.
Parodiert Mildred Krebs aus „Remington Steele"
(steht neben Steel und Bolt) [7]

Kamera:	*Zoom-in zur Halbnahen von Steel, Bolt und Craps.* [8]

Anyworth: „Dies sind Remington Steel und seine Mitarbeiterinnen Laura Bolt und Mildred Craps." [9]

Kamera: *Zoom-in zur Halbnahen von Sweet, Feel und Mutter.* [10]

Anyworth: „Und hier sind Mutter, Emma Feel und John Sweet vom britischen Geheimdienst. Sie möchten Sie bei den Ermittlungen unterstützen." [11]

Sweet/ Feel/ (nicken einander zu)
Mutter/ Steel/ „Guten Tag." oder „Hallo." [12]
Bolt/ Craps:

Steel: (geht auf Mutter zu und reißt ihn vom Rollstuhl, enthusiastisch)
„Hah, ich habe den Täter!" [13]

Mutter: (liegt am Boden und windet sich)
„Aua!" [14]

Steel: (weiter enthusiastisch)
„Der Rollstuhl ist nur eine Ablenkung. So wie Ian McKellen in ‚The Da Vinci Code – Sakrileg', Sony Pictures, 2006. Als Gralsforscher tut er nur so, als ob er Krücken zum Gehen benötigt. Währenddessen ist er der Drahtzieher und bringt fast Tom Hanks um." [15]

Mutter: (wütend)
„Kann wohl jemand diesen Wahnsinnigen stoppen? – Ich bin seit vielen Jahren auf meinen Rollstuhl angewiesen." [16]

Bolt: (geht zu Mutter, kramt in ihrer Handtasche, holt eine Nadel hervor und bückt sich)
„So, das hätten wir gleich."
(sticht Mutter mit einer Nadel fest und tief ins Bein) [17]

Mutter: (zu Bolt, resigniert)
„Sind Sie jetzt auch noch verrückt geworden?" [18]

Bolt: „Mitnichten, Mr. Mutter, mitnichten. Ich habe soeben Ihre Behauptung bewiesen."
(steht wieder auf und packt die Nadel wieder elegant in die Handtasche) [19]

Mutter: (zu Bolt, resigniert)
„Einfach Mutter."
(an alle gerichtet)
„Kann mir wohl jemand wieder in meinen Rollstuhl helfen?" [20]

Steel:	(zerknirscht) „Das tut mir sehr leid, Mutter." (bückt sich zu Mutter) „Warten Sie, ich helfe Ihnen auf." [21]
Mutter:	(schlägt mit den Händen um sich) „Nein, nicht von Ihnen!" [22]
Sweet/ Feel:	(gehen zu Mutter und bücken sich) [23]
Sweet:	„Mutter, das haben wir gleich." [24]
Sweet/ Feel:	(heben Mutter wieder in den Rollstuhl) [25]
Mutter:	(zu Sweet und Feel) „Danke, Emma und John." [26]
Steel:	(zu Mutter) „Ich möchte mich noch einmal bei Ihnen entschuldigen, Mutter. Ich ziehe manchmal voreilig meine Schlüsse. Ich hatte mir von klein auf den Grundsatz ‚Erst schießen, dann fragen' angeeignet und versuche mir dies langsam abzugewöhnen." [27]
Mutter:	„Nun gut. Ich akzeptiere Ihre Entschuldigung, Mr. Steel." [28]
Steel:	(schüttelt Mutter die Hand mit beiden Händen) „Danke, Mutter." [29]
Anyworth:	(blickt kurz zu Mutter und dann zu den anderen) „Ich bitte auch alle anderen Platz zu nehmen. Erfrischungen und Snacks kommen gleich." (tritt ab) [30]
Sweet/ Feel/ Mutter/ Steel/ Bolt/ Craps:	(setzen sich) [31]
Mutter:	„Haben Ihre Ermittlungen denn auch andere Erkenntnisse ergeben?" [32]
Steel:	„Eine Grundthese lautet: Der Butler ist immer der Mörder." [33]
Bolt:	„Eine Grundthese, die wir hier ausschließen können, Mr. Steel, da ohne den Butler Alfred der Fall als Selbstmord zu den Akten genommen worden wäre." [34]
Steel:	„Tja, ein Butler kann viel zur Aufklärung eines Verbrechens beitragen. ‚Alle Mörder sind schon da', Paramount Pictures, 1985. Tim Curry spielt darin einen Butler, der sich am Ende als FBI-Agent entpuppt." (zu Mutter) „Ist Alfred Anyworth etwa auch ein FBI-Agent?" [35]
Mutter:	„Alfred ist ganz sicherlich nicht der Mörder. – Und er ist so viel mehr als nur ein Butler für Blues gewesen. Aber kein FBI-Agent, sondern ein Vete-

ran der British Army.“ [36]

Bolt: (zu Mutter)
„Sie scheinen eine Menge über Alfred Anyworth und vielleicht auch Blues Wayne zu wissen. In was für einer Beziehung stehen …“
(schaut zum Rollstuhl)
„… äh … sitzen Sie zu den beiden, Mutter?“ [37]

Anyworth: (kommt mit Servierwagen mit Getränken und Snacks zurück und verteilt diese an Sweet, Feel, Mutter, Steel, Bolt und Mutter) [38]

Mutter: (zu Bolt)
„Blues und ich sind … äh … waren, Kriegskameraden, Mrs. Bolt.“ [39]

Sweet: (zu Mutter)
„Falkland?“ [40]

Mutter: (zu Sweet)
„Nein.“ [41]

Feel: (zu Mutter)
„Irak?“ [42]

Mutter: (zu Feel)
„Nein.“ [43]

Anyworth: (hat Snacks in der Hand, zu Mutter)
„Hawaii?“ [44]

Mutter: (zu Anyworth)
„Nein.“
(irritiert Kopf schüttelnd)
„Krieg um Hawaii?“ [45]

Anyworth: (zu Mutter)
„Das wird nicht nötig sein. Ich habe eine Riesenauswahl an kleinen Pizzen dabei, nicht nur Hawaii.“ [46]

Mutter: (zu Anyworth)
„Ach so. Na dann nehme ich gern ein Stück.“ [47]

Anyworth: (reicht Mutter Pizzastück) [48]

Bolt: (zu Mutter)
„Woher dann?“ [49]

Mutter: (zu Bolt)
„Woher was?“ [50]

Bolt: (zu Mutter)
„Woher Sie Blues Wayne kennen?“ [51]

Mutter: (zu Bolt)
„Gemeinsamer Ehekrieg.“ [52]

40

Craps:	(zu Mutter) „Sie beide?"[53]
Mutter:	(zu Craps) „Äh … nein, ich habe mich wohl etwas unglücklich ausgedrückt. Unsere jeweiligen Ex-Frauen waren Halbgeschwister, die sich wie wir erst bei den Scheidungen kennengelernt hatten." (sinniert) „Seine Ivy und meine Simone."[54]
Steel:	(schlägt Hände zusammen) „Ah, Fall geklärt. Die Ex-Frau war's. ‚Poison Ivy – Die tödliche Umarmung', New Line Cinema, 1992. Drew Barrymore spielt Ivy, eine mörderischere Schülerin."[55]
Mutter:	„Ivy hat aber nicht mehr die Schulbank gedrückt."[56]
Steel:	(zerknirscht) „Nun, dann war sie es wohl doch nicht." (aufstrahlend) „Aber Ihre Simone ist nicht zufällig ‚Der Fan' im gleichnamigen Film aus dem Jahr 1982 mit Désirée Nosbusch? Als glühende Verehrerin bringt die Schülerin ihr Idol um, …" (sticht mit Gabel mehrfach auf Snack ein) „… zerstückelt die Leiche, …" (zerstückelt den Snack) „… verwahrt sie im Tiefkühlschrank, …" (legt den Snack in Eis) „… kocht …" (legt den Snack auf ein Stövchen) „… und verzehrt sie nach und nach." (nimmt den Snack genüsslich in den Mund)[57]
Mutter:	„Das ist widerlich, was Sie mit dem Snack gemacht haben – und Ihre Annahme ebenso, Mr. Steel. Simone ist die ältere Schwester. Also auch keine Schülerin."[58]
Steel:	(wieder zerknirscht) „Gut, dann war sie es wohl auch nicht."[59]
Feel:	„Haben Sie denn noch andere Verdächtige?"[60]
Bolt:	„Wir haben uns mit Robin beschäftigt …" (zeigt auf ein großes Bild von Robins Kopf, das an der Wand hängt)[61]
Kamera:	*Zoom-in zur Großaufnahme von Robins Kopf.*[62]
Mutter:	(aus dem Off, unterbricht) „Ah, ja! Sein Protegé. Batfan und Robin."[63]
Kamera:	*Zoom-out zur Halbnahen.*[64]

Sweet:	„Batfan? Mutter, wollen Sie behaupten, dass Blues Wayne Batfan war?"[65]
Feel:	„Ich bin auch irritiert. Ich dachte, dass das nur ein Comic ist."[66]
Steel:	„Nicht zu vergessen diverse Zeichentrick- und Realverfilmungen. Unter anderem die sehr gelungene ‚Dark Knight Trilogie' von Christopher Nolan, Warner Bros, 2005, 2008 und 2012."[67]
Mutter:	„So ist es! Blues Wayne war Batfan." (zeigt auf ein großes Bild von Batfan, das an der Wand hängt)[68]
Kamera:	*Zoom-in zur Nahe vom Bild von Batfan.*[69]
Mutter:	(aus dem Off) „Da war überhaupt nichts Comicartiges oder Überirdisches dabei. Durch seinen Anzug, seinen Fuhrpark und seine Waffen aus Eigenproduktion konnte er den Kampf gegen die dunkle Seite aufnehmen."[70]
Kamera:	*Zoom-out zur Halbnahen.*[71]
Mutter:	(zu Bolt) „Aber zurück zu Robin."[72]
Steel:	„Exakt, Robin! Läuft in einem grünen Kostüm herum, als ob er der Gärtner sei." (zeigt auf ein weiteres großes Bild von Robin im Kostüm, das an der Wand hängt) „Und eine weitere Grundthese lehrt uns: Der Mörder ist immer der Gärtner ..." (nimmt sein Smartphone und tippt darauf herum)[73]
Bolt:	(zu Steel) „Wollen Sie uns jetzt etwa den entsprechenden Film zeigen?"[74]
Steel:	(sieht vom Smartphone hoch) „Viel besser, Mrs. Bolt. Ich habe hier den Augenzeugen Reinhard Mey." (aktiviert den Clip)[75]
Bearbeitung:	*Videoclipstart Reinhard Mey – Der Mörder ist immer der Gärtner (1971) von ca. 1:36 bis 1:54 Min.* *Videoclipende.*[76]
Mutter:	(zu Steel) „Aber, Mr. Steel, Robins Vorbild ist Robin Hood, der sich immer für die Gerechtigkeit eingesetzt hat."[77]
Feel:	(zu Mutter) „Aber, Sir. Wir hatten auch schon mal eine Begegnung mit Robin Hood, die nicht schön war."[78]
Sweet:	(zu Mutter) „Genau, in Folge 102: ‚Robin Hood spielt auch mit'."[79]

Mutter:	(zu Feel und Sweet)
	„Aber das war nicht der echte Robin Hood. Der ist doch schon lange tot." [80]
Bolt:	„Mutter hat recht. Der echte Robin Hood ist schon lange tot und unser Robin ist unschuldig." [81]
Steel:	(zu Bolt)
	„Ist er?" [82]
Bolt:	(zu Steel)
	„Robin trat zum Todeszeitpunkt in seinem Hauptberuf als Zirkusakrobat auf und wurde dabei von Hunderten Zuschauern gesehen." [83]
Steel:	(wieder zerknirscht)
	„Okay, dann war er es wohl auch nicht." [84]
Mutter:	(zu Steel und Bolt)
	„Was ist mit Blues' Partner von ‚Wayne-World'?"
	(zeigt auf großes Bild von Helga, das an der Wand hängt) [85]
Kamera:	*Zoom-in zur Nahe vom Bild von Helga.* [86]
Bolt:	„Sie meinen Garth Helga?" [87]
Kamera:	*Zoom-out zur Halbnahen.* [88]
Mutter:	(zu Bolt)
	„Genau den! Er hat 1992 mit Blues ‚Wayne-World' aufgebaut und bereits ein Jahr später zu ‚Wayne-World 2' erweitert."
	(zeigt auf zwei Filmplakate zu „Wayne's World" und „Wayne's World 2") [89]
Bolt:	(zu Mutter)
	„Der, der so einen ungewöhnlichen Wortschatz hat wie ‚Party On' und ‚Excellent'?" [90]
Craps:	(zu Bolt)
	„Und ‚We're not worthy' nicht vergessen." [91]
Bolt:	(zu Craps) „Und ‚We're not worthy'." [92]
Craps:	(zu Bolt)
	„Und ‚Schwing' sollte auch nicht unerwähnt bleiben." [93]
Bolt:	(zu Craps)
	„Und ‚Schwing'." [94]
Mutter:	„Genau den meine ich. Hat in seinen jungen Jahren sicherlich zu viel gekifft und getrunken." [95]
Bolt:	(zu Mutter)
	„Auf mich hat er einen harmlosen Eindruck gemacht. Ich würde ihn von der Liste streichen oder ..."
	(zu Steel)

„... spricht eine Grundthese dagegen, Mr. Steel?"[96]

Steel:	(zu Bolt, zerknirscht) „Zu einem Metalhead fällt mir tatsächlich nicht ein Film ein."[97]
Bearbeitung:	*Musikstart Joan Jett & the Blackhearts – I love Rock ,n' Roll (1982).*[98]
Kamera:	*Zoom-in zur Nahen von den zwei Filmplakaten „Wayne's World" und „Wayne's World 2".*[99]
Bearbeitung:	*Textinsert „You're not worthy, Remington Steel!"*[100]
Kamera:	*Zoom-out zur Halbnahen.*[101]
Bearbeitung:	*Musikende.*[102]
Sweet:	„Haben Sie denn noch weitere Verdächtige?"[103]
Bolt:	„Im Moment nicht. Aber wir wissen, wie der Mörder vorgegangen ist."[104]
Craps:	„Mr. Wayne trug als Batfan ja seinen scharfen Anzug ..."[105]
Steel:	(unterbricht) „Nur bei Christian Bale, nicht bei Ben Affleck. Da sah der Anzug einfach nur klobig aus."[106]
Craps:	(zu Steel) „Chef, das tut, glaube ich, nichts zur Sache." (zu Sweet und Feel) „Der Mörder hat den Anzug so präpariert, dass er Mr. Wayne unauffällig ermordet hat."[107]
Feel:	„Gift, das sich nicht nachweisen lässt?"[108]
Craps:	(zu Feel) „Kein Gift." (zu Sweet und Feel, mit den Händen gestikulierend) „Der Anzug ist voller Hightech und der Mörder hat ihr noch eine Applikation hinzugefügt. So klein und unauffällig, dass es die Spurensicherung bzw. die Forensiker übersehen haben. Mit einer kleinen Nadel wurden Mikrostromstöße ausgesendet, die Mr. Waynes Orientierungssinn angegriffen haben. Dadurch ist er so ins Stolpern gekommen, dass er letztlich verunglückt ist."[109]
Sweet:	„Das ist dann wie bei uns in Folge 126: ,Der todbringende Anzug'."[110]
Feel:	„Also suchen wir jemanden, der ein besonderes technisches Verständnis hat."[111]
Bolt:	„Ganz genau. Wir wollten uns als nächstes kritisch die gesamte Anlage ansehen." (schnappt sich Ihren Hut und setzt ihn auf)[112]
Feel:	„Dabei könnten wir Sie doch begleiten."[113]

Anyworth:	„Ladies und Gentlemen, wenn ich mir zunächst erlauben darf, Sie darauf hinzuweisen, dass mir eine eventuelle Spur eingefallen ist. Da Sie offensichtlich gestärkt sind, folgen Sie mir bitte zu Master Blues' Tresor." (verlässt den Raum) [114]
Sweet, Feel, Mutter, Steel, Bolt, Craps:	(folgen Anyworth) [115]

Bearbeitung:	*Textinsert „Was ist wohl im Tresor? Bleiben Sie dran, um es herauszufinden." [116]*

WERBUNG

Bearbeitung:	*Textinsert „Und jetzt schauen wir, ob der Tresor einen Hinweis birgt." [117]*

Szene 9

Set:	Innen – Wayne Manor, Tresorraum
Personen:	Sweet, Feel, Mutter, Steel, Bolt, Craps, Anyworth, Sandwich-Man
Dauer:	7:00 Min.

Set:	*Großes Zimmer, das vom Design dem Esszimmer ähnlich ist. An einer Wand ist ein großer Tresor eingebaut, der durch nichts verdeckt wird. Platz für 7 Personen.* [1]
Anyworth:	„Es gibt ein kleines Problem: Unglücklicherweise konnte ich mir die Kombination nicht merken." [2]
Sweet/ Feel/ Steel:	(stehen nebeneinander und schauen sich verschwörerisch an) [3]
Feel:	„Tja, eigentlich kein Problem ..." [4]
Sweet/ Steel:	(geben Feel jeweils einen ganz kleinen Tritt von links bzw. rechts) [5]
Feel:	(leise) „... Aua!" [6]
Bolt:	(schaut zu Sweet, Feel und Steel, misstrauisch) „Da stimmt doch etwas nicht. Kennen Sie sich wirklich nicht?" [7]
Steel:	(wehrt ab) „Nein. Woher sollte ich denn? Ich bin zum ersten Mal in England." [8]
Sweet:	(wehrt ab) „Nein. Ich verkehre üblicherweise nur in Agentenkreisen." [9]
Bolt:	(zu Feel) „Und Sie, Mrs. Feel?" [10]
Feel:	(schaut nach links und rechts unten, wo sie die Tritte getroffen haben) „Äh ... nein. Da ich die meiste Zeit mit Mr. Sweet unterwegs bin, kreisen bei mir auch nur die Agenten." [11]
Anyworth:	(tadelnd) „Ich hatte meine Ausführungen noch nicht abgeschlossen: Master Blues hatte sich eine Mnemotechnik zugelegt ..." [12]
Sweet:	(unterbricht) „Mnemotechnik?" [13]
Anyworth:	„Eine Gedächtnisstütze oder vulgär ausgedrückt: einen Spickzettel." (kramt einen Zettel aus seinem Livree auf der einen und seine Brille auf

46

der anderen Seite, setzt die Brille langsam auf, sieht herunter, entfaltet den Zettel, liest vor)
„Wenn sich die digitale Zeit der sommerlichen Nacht spiegelt, dann siehst Du die Kombination."
(schaut wieder auf) [14]

Mutter: „Das ist mir zu hoch." [15]

Sweet: (schaut zu Mutter herunter, den Höhenunterschied mit den Augen vermessend)
„Verständlich. – Aber ich muss leider auch passen." [16]

Feel: (zu Sweet)
„Tja, eigentlich knacken wir sonst jeden Code von feindlichen Agenten, aber hier …?" [17]

Craps: „Der Satz hat leider nichts, was ich mal eben in einen Computer geben kann." [18]

Steel: „Und mir fällt leider kein Filmzitat ein." [19]

Bolt: (greift zum Zettel)
„Dann sollte das wohl meine Spezialität sein."
(liest noch einmal leise vor)
„Wenn sich die digitale Zeit der sommerlichen Nacht spiegelt, dann siehst Du die Kombination."
(wieder mit normaler Lautstärke)
„Hm, ursprünglich hatte man die Zeit nur mit römischen Ziffern gemessen."
(zeigt auf ihre Armbanduhr)
„Durch die Digitalisierung hat sich die Darstellung der Zahlen geändert."
(greift Sweets Handgelenk und zeigt damit allen seine Smartwatch)
„Üblicherweise haben wir dann vier Zahlen: zwei für die Stunde und zwei für die Minute. Die Kombination des Tresors besteht demzufolge aus diesen Ziffern." [20]

Sweet: „Und welche, Mrs. Bolt?" [21]

Bolt: (murmelt)
„Ziffern, die sich spiegeln."
(normale Lautstärke)
„Ja, logisch! Bei der digitalen Anzeige gibt es für einige Ziffern Spiegelbilder: Aus einer 2 wird eine 5 und umgekehrt." [22]

Feel: „Ah, ich verstehe: Und aus einer 6 wird eine 9." [23]

Bolt: „Nein, mit DEN Ziffern funktioniert es nicht, weil ich dann nicht zwischen Stunden und Minuten, also von links nach rechts spiegeln kann." [24]

Craps: „Ah, jetzt sind wir unvermittelt beim Computer angelangt. Die binären Ziffern 0 und 1 spiegeln sich auch und bleiben 0 und 1." [25]

Steel:	„Und mir fällt immerhin eine Serie ein: ‚Buzz Lightyear – Bis zur Unendlichkeit und noch viel weiter'. Die 8 für die Unendlichkeit spiegelt sich wieder zur 8." [26]
Sweet:	„Das heißt wir haben letztlich die Ziffern 0, 1, 2, 5 und 8, die sich zwischen Stunden und Minuten spiegeln." [27]
Bolt:	„C'est ça. Nun brauchen wir die zulässigen Kombinationen in der Nachtphase ... äh ... sommerlichen Nachtphase, die kürzer ist und wohl weniger Kombinationen zulässt." [28]
Mutter:	„Dann sollten wir zum Eingrenzen die Daten des 21. Juni als längsten Tag nehmen: Für London ergibt sich mit Sommerzeit ein Sonnenuntergang gegen 21.30 Uhr und ein Aufgang gegen 04:30 Uhr." [29]
Bolt:	„Dann scheidet 21:12 Uhr gerade so aus und es beginnt mit 22:22 Uhr." [30]
Steel:	„Dann natürlich Mitternacht, die Geisterstunde." (breitet die Arme blitzschnell aus) „Buh. – 00:00 Uhr." [31]
Craps:	„Gefolgt vom binären 01:10 Uhr." [32]
Feel:	„Bleibt noch 02:20 Uhr, da es um 05:50 Uhr bereits wieder hell ist." [33]
Craps:	„Zusammengefasst ergibt das 2222 – 0000 – 0110 – 0220." [34]
Bolt:	(zu Craps) „Dann wollen wir mal loslegen. Mildred, geben Sie mir bitte noch einmal die Zahlen durch!" [35]
Craps:	(leise im Hintergrund, gibt Bolt die Zahlenkombination Zahl für Zahl an) [36]
Bolt:	(im Hintergrund, stellt Zahl für Zahl am Tresor ein) [37]
Feel:	(im Vordergrund, zischt Sweet und Steel an) „Warum haben Sie mich getreten?" [38]
Sweet:	(im Vordergrund) „Es muss keiner von meinem Fiasko mit dem Regenschirm erfahren." [39]
Feel:	(zu Steel) „Und bei Ihnen, Mr. Remington, nennt mich ‚Harry', Steel?" [40]
Steel:	(im Vordergrund, räuspert sich) „Hm, ich war inkognito unterwegs und es handelte sich um etwas sehr Privates und meine ... ähm ... Mitarbeiterin Mrs. Bolt soll hiervon nichts erfahren." [41]
Bolt:	(strahlt) „Et voilà, Sesam öffne Dich!" (öffnet den Tresor und schaut hinein, spricht in den Tresor, was einen Hall ergibt) „Es sind offensichtlich nur einige wenige Papiere und Geld enthalten."

	(blättert zwischen den Papieren)
	„Technische Anleitungen zu ‚West-Wayne-World' und ‚Future-Wayne-World', eine Bedienungsanleitung für die übergeordnete Computersteuerung, Kontoauszüge, Pass, medizinische Unterlagen und verschiedene Aktien. – Es scheint aber leider nichts dabei zu sein, was uns im Moment hilft." [42]
Anyworth:	„Das ist bedauerlich. Lassen wir den Tresor zunächst geöffnet, damit Sie bei Bedarf auf die Unterlagen zugreifen können. Ich werde ihn im Auge behalten." [43]
Bolt:	„Wir sollten uns in Teams aufteilen und uns ‚West-Wayne-World' und ‚Future-Wayne-World' genauer ansehen." [44]
Sweet:	(zu Mutter) „Mutter, können Sie uns vorab gegebenenfalls etwas Grundsätzliches zu den beiden Themenparks berichten?" [45]
Mutter:	(zu Sweet) „Sehr gern, John." (zu Sweet, Feel, Steel, Bolt und Craps) „Blues Wayne und Garth Helga haben die Anlagen 1992 von Delos übernommen. Sie waren zuvor jahrelang stillgelegt, da die eingesetzten Roboter Amok gelaufen waren und Menschen getötet hatten." [46]
Steel:	„Stimmt. Ich habe die Dokumentationen gesehen: ‚Westworld', MGM, 1973 mit Yul Brynner und Richard Benjamin sowie ‚Futureworld – Das Land von Übermorgen', American International Pictures, 1976, mit Peter Fonda und Blythe Danner." [47]
Mutter:	(beruhigend) „Nunmehr sind die Parks für Menschen aber absolut sicher." [48]
Feel:	„Wie wollen wir uns auf die beiden Parks aufteilen?" [49]
Craps:	(unterbricht) „Die übergeordnete Computersteuerung könnte auch von Interesse sein." [50]
Bolt:	(zu Craps) „Mildred?" [51]
Craps:	(zu Bolt) „Bei Computern werde ich halt immer schwach." [52]
Sweet:	„Gut dann bilden wir also drei Teams." (hebt den ersten Finger der linken Hand) „Eins für ‚West-Wayne-World', ..." (hebt den zweiten Finger der linken Hand) „... eins für ‚Future-Wayne-World' und ..." (hebt den dritten Finger der linken Hand)

	„... eins für die Steuerungseinheit. Bei uns sechs macht das zwei pro Team." (senkt die Finger wieder) „Hat jemand außer Mildred spezielle Präferenzen?"[53]
Feel:	„Mich interessiert die Welt von übermorgen. Vielleicht ist in ‚Future-Wayne-World' etwas dabei, was den Agentenalltag erleichtern kann."[54]
Mutter:	(zu Feel) „Emma, bitte denken Sie an unser eingeschränktes Budget."[55]
Feel:	(zu Mutter) „Natürlich, Mutter."[56]
Steel:	(zu Feel) „Ich würde mich gern Ihnen anschließen, Mrs. Feel. Wie es scheint eine sichere Wahl: ‚Der Morgen stirbt nie', MGM, 1997, mit Pierce Brosnan als James Bond."[57]
Bolt:	(schaut zu Steel und hebt die Augenbrauen) „Gut, dann werde ich mich in den Wilden Westen begeben." (drückt lässig mit einem Finger leicht unter ihren Hut)[58]
Sweet:	(zu Bolt) „Mrs. Bolt, darf ich Ihnen Begleitschutz anbieten? Ich würde meinen Schirm gegen einen Revolver eintauschen und meine Melone gegen einen Cowboyhut."[59]
Feel:	(schaut zu Sweet und hebt die Augenbrauen) „Ihren Charme wollen Sie offensichtlich nicht eintauschen?!"[60]
Bolt:	(zu Sweet) „Sie könnten einen Remington Revolver nehmen, dann ist mein Chef zum Teil mit von der Partie." (zwinkert mit den Augen)[61]
Sweet:	(zu Bolt) „Ausgezeichnete Idee! Ich kann zusätzlich auch noch einen Rasierer von Remington aus der Steel-Serie mitnehmen." (zwinkert mit den Augen)[62]
Bolt:	(zu Sweet) „Ich bin mir nicht sicher, ob es den im Wilden Westen schon gab. Der Revolver sollte reichen."[63]
Steel:	(angeberisch) „Nun wissen Sie auch, warum ich so heiße: Ich habe einen Rasiermesser-scharfen Verstand." (streicht mit dem Zeigefinger der linken Hand über den Zeigefinger der rechten Hand)[64]
Bolt:	(flüstert)

„Eigentlich ist das mein Verdienst. Ich habe Sie mir ausgedacht."[65]

Bearbeitung:	*Musikstart Henry Mancini – Remington Steele (Theme for Season 2) (1983).*[66]
Sandwich-Man:	(tritt auf)[67]
Kamera:	*Zoom-in zur Großaufnahme Plakat-Vorderseite des Sandwich-Mans.*[68]
Regie:	*Plakattext: „Laura Bolt ist die eigentliche Detektivin. In den 1980ern brauchte man allerdings noch einen männlichen Chef. Das ganze wurde von uns bereits ausführlich in ‚Mit Schirm, Darm und Patrone – Der Club Der Killer' erläutert."*[69]
Sandwich-Man:	(dreht sich um)[70]
Kamera:	*Zoom-in zur Großaufnahme Plakat-Rückseite des Sandwich-Mans.*[71]
Regie:	*Plakattext: „Wir wollen daher noch einmal die Gelegenheit ergreifen und an den Kauf der DVD/ Blu Ray erinnern. Auch immer noch zu haben: ‚Mit Zwirn, Faden und Melone – Staatsfeind Nr. 1'."*[72]
Sandwich-Man:	(tritt ab)[73]
Bearbeitung:	*Musikende.*[74]
Mutter:	„Gut. MEIN Rasiermesser-scharfer Verstand sagt mir dann, dass Mrs. Craps und ich uns um die Computersteuerung kümmern werden."[75]

Szene 10

Set:	Außen – Future-Wayne-World
Personen:	Feel, Steel, Statisten
Dauer:	2:45 Min.

Set:

Futuristische Stadt mit vertikal begrünten Wolkenkratzern. Die Gebäude haben ausgeprägte Fensterfronten und viel Werbeflächen (ähnlich dem Times Square in New York). In den Erdgeschossen der Gebäude sind Geschäfte untergebracht, die originelle Schaufenster haben. So gibt es Boutiquen, bei denen Schaufensterpuppen die Gestalt der vorbeigehenden Passanten annehmen, um einen Eindruck der Kleidungsstücke zu geben, ohne sie probeanziehen zu müssen. In einem Golfclub wird im Schaufenster das virtuelle Grün dargestellt und ein virtueller Spieler winkt die Passanten heran. In einem Restaurant wird damit geworben, dass alle Speisen möglich sind, da diese wie in Star Trek repliziert werden. Die entsprechenden Geräte sind in jeder Ecke des Restaurants aufgebaut. Auf den Straßen verkehren nur Passanten und Radfahrer, keine Autos.
Platz für zahlreiche Personen. [1]

Feel/ Steel: (laufen durch die Straßen) [2]

Feel: „Harry, oder soll ich besser Mr. Steel sagen?" [3]

Steel: „Harry ist gut. Harry ist ein guter Name und wahrscheinlich auch mein wirklicher. Remington ist nur der Name für die Detektei. Selbst Mrs. Bolt spricht mich nicht mit diesem seltsamen Vornamen an." [4]

Feel: (erkennt)
„Aber den Namen Harry kennt sie nicht." [5]

Steel: „Das ist richtig. Den Namen ‚Remington Steel' hatte sie ihrer Detektei schon gegeben, bevor ich auf den Plan trat." [6]

Feel: „Es ist Laura Bolts Detektei?" [7]

Steel: (zerknirscht)
„Ich gebe es ungern zu, aber ich bin nur das Aushängeschild und sie ist die Detektivin." [8]

Feel: „Nun, dies erklärt Ihre etlichen voreiligen Schlüsse." [9]

Steel: (ausweichend)
„Ist es okay, wenn wir dieses Thema überspringen, Mrs. Feel?" [10]

Feel: (einlenkend)
„Sehr gern, Harry. Bitte nennen Sie mich Emma." [11]

Steel:	„Sehr gern, … äh … Emma.“ [12]
Feel:	(grübelt, bleibt stehen) „Harry, was hat es eigentlich mit der Uhr auf sich, die Sie aus dem Tresor mitgenommen haben?“ [13]
Bearbeitung:	*Musikstart Henry Mancini – Remington Steele (Laura's Theme = Abspann) (1982).* [14]
Regie:	*Im Schaufenster sind Trompeter und Streicher zu sehen, die Musik spielen.* [15]
Steel:	(bleibt stehen, angespannt) „Emma, das ist nicht einfach für mich.“ (schiebt Ärmel hoch und schaut auf die Uhr) „Ich bin im Waisenhaus aufgewachsen. Damals in Irland. An meine Eltern kann ich mich nicht erinnern. Viele Jahre nachdem ich das Waisenhaus bereits verlassen hatte, bin ich noch einmal zurückgekehrt.“ [16]
Feel:	(einfühlsam) „Warum?“ [17]
Steel:	(schaut zu Feel, lässt seinen Ärmel wieder hinuntergleiten) „Ich wollte wissen, wer meine Eltern sind … oder waren, falls sie … Sie wissen schon. Unterlagen dazu müssten sich im Waisenhaus finden lassen, dachte ich. Aber es existierte nicht mehr.“ [18]
Feel:	„Und wie sind Sie dann auf eine Spur zu der Uhr gelangt?“ [19]
Steel:	„Ich konnte ehemalige Mitarbeiter des Waisenhauses ausfindig machen und zumindest einer vermochte mir zu sagen, dass er sich ziemlich sicher sei, dass ‚Harry' mein Geburtsname sei und die Uhr mir von meinem Vater mit einer Widmung vermacht wurde. Leider wurde die Uhr unter Verschluss gehalten und bei Schließung des Waisenhauses verkauft.“ [20]
Feel:	„Und wie führte der Weg zu dem Tresor?“ [21]
Steel:	„Durch einen glücklichen Zufall: Der Verkauf aller Gegenstände sollte über einen Flohmarkt erfolgen. Ein Interessent hatte sich dann aber im Vorfeld gemeldet und gesagt, dass er das komplette Angebot erwerben möchte und dafür ordentlich zahlt. Das konnte man sich offensichtlich nicht entgehen lassen und hat alles an den einen Interessenten verkauft.“ [22]
Feel:	(lächelt) „Ah, Ihr Erwerber ist der Tresorinhaber.“ [23]
Steel:	(winkt ab) „Leider, nein. Zwischen dem Erwerber und dem Tresorinhaber lagen vier, …“ (grübelt) „… nein, fünf andere Personen.“ [24]

Feel:	(erstaunt)
	„Und diese ganze Kette haben Sie zurückverfolgen können."
	(lächelt)
	„Harry, wohlmöglich sind Sie doch ein richtig guter Detektiv." [25]
Steel:	„Ja, vielleicht, Emma! Aber es wäre dann das komplette Gegenteil von dem, was ich vor meiner Begegnung mit Mrs. Bolt gemacht habe." [26]
Feel:	„Inwiefern?" [27]
Steel:	„Ich habe mir meinen Lebensunterhalt mit Stehlen verdient." [28]
Feel:	(lächelt)
	„Oh, das würde ich nicht überbewerten. Immerhin sind Sie jetzt ehrlich ... und geben Ihre vorherige Profession sogar in Ihrem Namen preis: Remington STEEL."
	(grübelt)
	„Bringt Sie denn die Uhr nunmehr ein Stück weiter? Ist tatsächlich eine Widmung vorhanden?" [29]
Steel:	(traurig, schiebt erneut Ärmel hoch und schaut zur Uhr)
	„Ja, aber leider nur ‚Für Harry von Dad'."
	(schaut zu Feel und lässt Ärmel erneut herunter gleiten) [30]
Feel:	(nimmt Steel in den Arm)
	„Oh, das tut mir sehr leid, Harry." [31]
Steel:	(traurig)
	„Danke, Emma. – Ich bin so viele Jahre ohne Vater ausgekommen, ..."
	(lächelt verkrampft)
	„... also was soll's?" [32]
Bearbeitung:	*Musikende.* [33]

Szene 11

Set:	**Außen – West-Wayne-World, Auf der Straße**
Personen:	**Sweet, Bolt, Statisten**
Dauer:	**0:15 Min.**

Set:	*Typische Westernstadt mit Saloon, Hotel, Bank, Warenhaus, Schmied, Leichenbestatter, Ställen und Wohnhäusern. Alle Gebäude sind aus Holz und in englischer Sprache beschriftet. Die Straßen sind unbefestigt und auf ihnen verkehren Passanten, Reiter und Kutschen. Platz für zahlreiche Personen.* [1]
Sweet/ Bolt:	(gehen durch die Straße) [2]
Bolt:	(zeigt auf Saloon) „Da vorn, Mr. Sweet, ein Saloon. Erfahrungsgemäß kann man dort am Meisten in Erfahrung bringen." (bewegt sich Richtung Saloon) [3]
Sweet:	(schließt sich Bolt an) „Nennen Sie mich doch John, Mrs. Bolt." [4]
Bolt:	„Dann bitte auch Laura, John." [5]
Sweet:	„Sehr gern, Laura." [6]
Sweet/ Bolt:	(erreichen den Saloon und treten ein) [7]

Szene 12

Set:	**Außen – Future-Wayne-World, Autoverleih**
Personen:	**Feel, Steel, Statisten**
Dauer:	**0:45 Min.**

Set:	*Innerhalb der futuristischen Stadt. Der Autoverleiher hat ein Schaufenster, in dem die Fahrzeuge auf einem Laufband von rechts nach links vorgeführt werden. Ein Android in Form einer attraktiven Blondine präsentiert gerade einen DeLorean, der im Schaufenster ins Zentrum gerollt wurde: Öffnen der Fahrertür und Schritt zur Seite, damit der Passant einen Blick in das Innere werfen kann. Dann steigt der Android ein, schließt die Tür, lehnt sich entspannt zurück und lächelt übertrieben. Auf den Straßen verkehren weiterhin nur Passanten und Radfahrer, keine Autos.* *Platz für zahlreiche Personen.* [1]
Feel:	(zeigt auf DeLorean) „Schauen Sie, ein DeLorean wie in ‚Zurück in die Zukunft'." [2]
Steel:	(schaut ebenfalls zu DeLorean) „Tatsächlich! Der Film war mit Michael J. Fox und Christopher Lloyd. Universal Pictures, 1985." [3]
Feel:	„Der Wagen war damals schon ein Auslaufmodell." [4]
Steel:	(verwirrt) „Das ist doch aber nicht gut, wenn der Wagen Treibstoff verliert, oder, Emma?" [5]
Feel:	„Guter Witz, Harry!" [6]
Steel:	„Was für ein Witz?" [7]
Feel:	(schaut Steel intensiv an) „Harry, Sie haben es wohl nicht so sehr mit Autos?" [8]
Steel:	„Ich habe keinen Führerschein und kann nicht selber fahren. Glücklicherweise sind wir in Folge 29 ‚Oldtimer' an einen Auburn Speedster gekommen, mit dem ich mich seitdem von Fred, unserem Chauffeur, fahren lasse." [9]
Feel:	(aufmunternd) „Harry, das ist ganz einfach! – Lassen Sie uns eine Spritztour machen und ich zeige und erkläre Ihnen alles. Wir geben uns als unbedarfte Touristen und können nebenbei nach Spuren Ausschau halten." [10]
Steel:	(skeptisch)

„Okay, Emma! Ein Versuch kann sicherlich nicht schaden."[11]

Feel: (geht zum DeLorean)
„Na, dann mieten wir mal das schöne Stück."[12]

Steel: (folgt Feel)[13]

Szene 13

Set: Innen – Wayne Manor, Steuerungsraum

Personen: Mutter, Craps

Dauer: 5:30 Min.

Set: *Künstliche, gedimmte Beleuchtung. Die Wände sind bis auf die Wand der Tür mit Computern bebaut (diverse Tastaturen, Bildschirme in verschiedenen Größen, leuchtende und blinkende Lampen, Joysticks und andere Bedieneinheiten). Keine Sitzmöglichkeit. Die Bedienelemente sind ideal in stehender Position zu erreichen.*
                Platz für 2 Personen. [1]

Mutter: (fährt mit Rollstuhl durch die Tür in den Raum) [2]

Craps: (geht neben Mutter her) [3]

Mutter: (staunt)
                „Unglaublich!" [4]

Craps: (staunt)
                „Das können Sie laut sagen, Mutter! – Ein Fest für jeden Technik-Freak!" [5]

Mutter: (irritiert, zu Craps)
                „Was? – Nein, ich dachte wie Blues Wayne Zeit für all das finden konnte:
                ..."
                (streckt Daumen aus)
                „... West-Wayne-World steuern, ..."
                (streckt Zeigefinger aus)
                „... Batfan sein und die Welt permanent retten ..."
                (streckt Mittelfinger aus)
                „... und nicht zu vergessen Milliarden mit seinen Firmen zu verdienen." [6]

Craps: (zu Mutter)
                „Ich schätze die Milliarden kamen von allein rein. Bevor ich bei ‚Remington Steel' anfing, war ich bei der IRS ..." [7]

Mutter: (unterbricht)
                „Dem amerikanischen Finanzamt?" [8]

Craps: „Genauer gesagt die Bundessteuerbehörde der Vereinigten Staaten und dem Finanzministerium unterstellt." [9]

Mutter: (ängstlich)
                „Sie dürfen aber nur in den USA tätig werden, Mrs. Craps, oder?" [10]

Craps: (lächelt)

„Jungchen, nicht blass werden! Ich habe mit der IRS nichts mehr am Hut. Aber was man einmal gelernt hat. – Wenn jemand Milliardär ist, kommt das Geld ganz von allein rein. Bei einem Millionär kann noch alles schief gehen: vom Tellerwäscher zum Millionär und wieder zurück zum Tellerwäscher. Aber Milliardär? Nein, das ist sicher." [11]

Mutter: „Gut, aber bleibt immer noch West-Wayne-World und Batfan." [12]

Craps: (neugierig)
„Schauen, wir uns die Technik mal genauer an. Vielleicht steuert sich vieles von allein. Auch der Einsatz von Künstlicher Intelligenz ist möglich."
(ruft Richtung Hauptkonsole)
„Alexa, Statusbericht!"
(pausiert, normale Lautstärke)
„Okay, also nicht Amazon."
(ruft)
„Siri, Statusbericht!"
(pausiert, normale Lautstärke)
„Hm, Apple auch nicht."
(ruft)
„Cortana, Statusbericht!"
(pausiert, normale Lautstärke)
„War zu erwarten, dass es auch nicht Windows von Microsoft ist." [13]

Mutter: (ruft)
„Bixby, Statusbericht!" [14]

Craps: (irritiert)
„Was war denn das?" [15]

Mutter: (enttäuscht)
„Bixby hatte Samsung auf den Markt gebracht. War immerhin einen Versuch wert." [16]

Craps: „Tja, da hilft wohl nur noch klassische Detektivarbeit."
(geht zur Hauptkonsole und schaut sich intensiv um, in dem sie den Kopf hin und her und hoch und runter bewegt)
„Da ist was faul!" [17]

Mutter: (dreht sich in seinem Rollstuhl, um nach einem Korb zu greifen, der an seinem Rollstuhl hängt)
„Oh, ich hatte meine Bananen ganz vergessen!" [18]

Craps: „Das meine ich nicht, Jungchen. Am Gerät steht ,IBM: 111' dran. Das kann aber unmöglich ein IBM-Computer sein. Ich bin mit IBM bei der IRS groß geworden. Die sind mit dem Modell 5150 als erstem Personalcomputer 1981 gestartet und ich habe mit jedem Folgemodell gearbeitet, da die IRS immer die beste Ausstattung bekommen hatte." [19]

Mutter: (fährt zu Craps, sinniert)

„Das kennen wir in Europa etwas anders. Man geht zum Finanzamt und die 1970er sind auf einen Schlag zurück: Grauer Beton, braune Tapeten und, nicht zu vergessen, grüne Toiletten. – Mrs. Craps, Sie sind doch mittlerweile bei ‚Remington Steel'. Kann das Gerät nicht erst nach Ihrem Weggang auf den Markt gekommen sein?"[20]

Craps: „Ausgeschlossen, Mutter. IBM hatte die Zeichen der Zeit nicht erkannt und wurde bei den PCs von Microsoft mit Windows verdrängt."
(grübelt)
„Zeichen?"[21]

Mutter: „Bitte?"[22]

Craps: „Mutter, was, wenn der Schriftzug verschlüsselt ist?"[23]

Mutter: (irritiert)
„Ich kann nicht folgen, Mrs. Craps."[24]

Craps: „Sagt Ihnen ‚æski' etwas?"[25]

Mutter: „Meinen Sie ‚Husky'? Sind wir etwa auf den Schlitten … Hund gekommen?"[26]

Craps: „Nein, ich meine den ‚American Standard Code for Information Interchange', kurz: ‚æski."[27]

Mutter: „Im Agentenleben gibt es keine Standards für einen Informationsaustausch. In der Regel sind die brisanten Informationen verschlüsselt und werden höchst ungern freiwillig ausgetauscht."[28]

Craps: „Ich spreche von der Codierung von Zeichensätzen: Druckbare Zeichen wie Groß- und Kleinbuchstaben, Zahlen, Sonderzeichen und nicht druckbare Steuerzeichen wie das Tabulatorzeichen."[29]

Mutter: „Ich glaube, ich beginne zu verstehen."[30]

Craps: (holt ihr Smartphone aus der Tasche und zeigt die Codes)
„Hier, Mutter, sind die Codes: Das ‚I' hat den Dezimalwert 73, das ‚B' 66, das ‚M' 77, der ‚Doppelpunkt' 58 und die ‚1' jeweils 49."[31]

Mutter: (schaut auf das Display, langgezogen)
„Okay."
(nicht mehr langgezogen)
„Aber worauf wollen Sie hinaus, Mrs. Craps?"[32]

Craps: „Gehen Sie bei jedem Zeichen genau einen Dezimalwert zurück! Aus der 73 vom ‚I' wird also 72 und somit ‚H', …"[33]

Mutter: „Das ‚B' wird zu ‚A', das ‚M' zu ‚L', der ‚Doppelpunkt' zu ‚9' und die ‚1en' werden zu ‚0en'."[34]

Craps: „Dies ergibt: H – A – L – 9 – 0 – 0 -0. HAL 9000."
(packt Smartphone wieder weg)[35]

Bearbeitung:	*Musikstart Richard Strauss – Also sprach Zarathustra (in: 2001: Odyssee im Weltraum) (1968).* [36]
Mutter:	(bestürzt) „Mein Gott. ‚2001: Odyssee Im Weltraum' von Stanley Kubrick, Metro-Goldwyn-Mayer, 1968." (flüstert) „Der Supercomputer HAL 9000 hat auf dem Raumschiff Discovery versucht, alle Besatzungsmitglieder umzubringen." [37]
Craps:	„Mutter, flüstern bringt nichts. HAL 9000 kann auch von den Lippen lesen." [38]
Bearbeitung:	*Musikende.* [39]
Mutter:	(wieder normale Lautstärke) „Wie können Sie so ruhig bleiben, Mrs. Craps?" [40]
Craps:	„Schauen Sie auf das Auge, Jungchen!" (zeigt zu einer blau leuchtenden Linse auf dem Computer) [41]
Mutter:	(irritiert) „Die blaue Leuchte?" (strahlt unvermittelt) „Es ist blau, nicht rot. Ja, es ist blau, nicht rot!" [42]
Craps:	„So ist es. Der mordende Computer hatte ein rotes Auge, aber der gute ein blaues. ‚2010: Das Jahr, in dem wir Kontakt aufnehmen' von Peter Hyams mit Roy Scheider, John Lithgow und Helen Mirren, MGM, 1984." [43]
Mutter:	(wendet sich zur Kamera, aggressiv) „Und ehe jetzt irgendein Klugscheißer sagt, dass das blaue Auge zu SAL und nicht zu HAL gehört: Nehmt Zeigefinger und Daumen und spreizt damit Eure Mundwinkel. Dann versucht mal SAL zu sagen." (nimmt Zeigefinger und Daumen und spreizt seine Mundwinkel) „SAL." (klingt wie „HAL") (nimmt Zeigefinger und Daumen wieder aus den Mundwinkeln) „So. Shaft. – Noch Fragen?" (wendet sich wieder von der Kamera ab) [44]
Craps:	(lächelt) „Wow, Sie haben ordentlich durchgegriffen, Mutter. Sie sind offensichtlich kein Jungchen mehr." (anbiedernd) „Nennen Sie mich bitte Mildred." [45]
Mutter:	„Sehr gern, Mildred." [46]

Szene 14

Set:	Innen – West-Wayne-World, Im Saloon
Personen:	Sweet, Bolt, Maybesick, Barkeeper, Spieler 1, Spieler 2, Statisten
Dauer:	2:15 Min.

Set:	*Typischer Westernsaloon mit einer Bar mit durchgezogenem Tresen und mehreren Barhockern. Der Barkeeper putzt Gläser. Mehrere mit alkoholischen Getränken zugestellte Holztische mit Holzstühlen, die zum Teil belegt sind. Teilweise wird lautstark gesprochen und gelacht, teilweise Karten gespielt. In einer Ecke steht ein Pianola („Western Klavier"). Platz für zahlreiche Personen.* [1]
Bearbeitung:	*Musikstart Ramin Djawadi – Heart-Shaped Box (Nirvana-Cover in: Westworld Staffel 2) (2018).* [2]
Maybesick:	*Bret Maybesick* *Dunkle, etwas längere, lockige Haare. Dunkler Anzug, weißes Hemd und schwarze Krawatte. Dazu schwarzer Cowboyhut. Ein Spieler, der im Wilden Westen von Stadt zu Stadt und von Saloon zu Saloon zieht, um Geld zu machen.* *Parodiert Bret Maverick aus „Maverick"* *(sitzt an einem Tisch und spielt Karten)* [3]
Spieler 1:	*Spieler 1* *Trägt Western-Kleidung.* *(sitzt am gleichen Tisch und spielt Karten)* [4]
Spieler 2:	*Spieler 2* *Trägt Western-Kleidung.* *(sitzt am gleichen Tisch und spielt Karten)* [5]
Regie:	*Das Geld wandert während des folgenden Gesprächs nach und nach zu Maybesick.* [6]
Sweet/ Bolt:	(sitzen auf Hockern an der Bar) [7]
Sweet:	„Darf ich Ihnen etwas zum Trinken bestellen, Laura?" [8]
Bolt:	(überlegt) „Hm, ich nehme einen Whisky." [9]
Sweet:	(zum Barkeeper) „Einen Whisky für die Lady und einen für mich." (gibt Barkeeper Geld, zu Bolt, überrascht) „Hochprozentiger Alkohol?" [10]

Bolt:	„Ach, im Wilden Westen war der Whisky meist stark verdünnt, John. Außerdem vertrage ich einiges. – Zumindest davon." [11]
Barkeeper:	*Barkeeper* *Trägt Western-Kleidung mit Schürze.* (schenkt erstes Glas ein) [12]
Sweet:	„Was meinen Sie damit, Laura?" [13]
Barkeeper:	(schenkt zweites Glas ein und schiebt beide Gläser zu Sweet und Bolt) [14]
Bolt:	„Nun, mit Alkohol habe ich kein Problem, aber mit Schokolade. Meine Schwester Frances und ich hatten in Folge ‚Zahn um Zahn' eine Schokoladenabhängigkeit entwickelt." [15]
Sweet:	„Das ist ja furchtbar! Und wie sind Sie die wieder losgeworden?" [16]
Bolt:	„Ach, ganz leicht. Die Autoren haben es im weiteren Verlauf der Serie einfach nie wieder thematisiert." [17]
Sweet:	„Eine glückliche Wendung!" (greift sein Glas und hebt es Richtung Bolt) „Darauf sollten wir trinken." [18]
Bolt:	(greift ihr Glas und stößt mit Sweets Glas an) „Auf Ihr Wohl, John." [19]
Sweet/ Bolt:	(leeren ihre Gläser auf ex und stellen sie wieder auf den Tresen) [20]
Bolt:	„Die Autoren haben auch so manchmal gemurkst. Am Anfang wurde mein Schwager Donald ..." [21]
Sweet:	(unterbricht) „Der Mann Ihrer Schwester Frances?" [22]
Bolt:	„Gut aufgepasst! Sie haben das Zeug zum Detektiv, John!" [23]
Sweet:	(zu Bolt) „Danke, Laura! Ich habe auch festgestellt, dass unsere Gläser leer sind. Ich order uns Nachschub." (zum Barkeeper, zeigt auf die leeren Gläser) „Noch eine Runde!" (gibt Barkeeper Geld, zu Bolt) „Bitte fahren Sie fort." [24]
Barkeeper:	(füllt erstes Glas nach) [25]
Bolt:	„Tja, mein Schwager Donald wurde zunächst als Besitzer von zwölf Sportschuhgeschäften in der Folge ‚Fünf Nackte aus Kairo' eingeführt. Und dann in der bewussten Folge ‚Zahn Um Zahn' ist er ..." [26]
Barkeeper:	(füllt zweites Glas nach) [27]
Sweet:	(unterbricht)

	„Etwa Zahnarzt?"[28]
Bolt:	„Gut kombiniert. Ich will ja nicht ausschließen, dass man nicht von den Füßen auf die Zähne umsatteln kann, aber innerhalb eines Jahres? Ausgeschlossen!"[29]
Sweet:	(greift sein Glas und hebt es Richtung Bolt) „Auf die Autoren!"[30]
Bolt:	(greift ihr Glas und stößt mit Sweets Glas an) „Auf die Autoren!"[31]
Sweet/ Bolt:	(leeren ihre Gläser auf ex und stellen sie wieder auf den Tresen)[32]
Bolt:	„Sind Ihre Autoren denn besser?"[33]
Sweet:	„Die Autoren der Serie sicherlich nicht. Unter uns, Laura: Es war gut, dass Sie Mutter überprüft haben. Er tauchte in der Serie plötzlich wie selbstverständlich als unser Chef auf."[34]
Bolt:	„Und wie ist es mit den Autoren von den neuen Filmen?"[35]
Sweet:	„Es gibt nur einen und der macht seine Sache gut." (beugt sich zu Bolt, flüstert) „Ich kann im Moment nichts groß sagen, sonst streicht er wohlmöglich meine Rolle." (streicht symbolisch mit der flachen linken Hand am Hals vorbei, flüstert weiter) „Insgesamt habe ich aber den Eindruck, dass seine Sympathien eindeutig bei Mrs. Feel sind. Das nervt schon ein wenig."[36]
Bolt:	(beugt sich zu Sweet, flüstert) „Okay, das bleibt unser Geheimnis." (normale Lautstärke) „John, wir sollten uns jetzt unter die Gäste mischen."[37]
Sweet:	„Kein Absacker?"[38]
Bolt:	„Nachher vielleicht. Wir sollten vorerst einen klaren Kopf behalten."[39]
Bearbeitung:	*Musikende.*[40]

Szene 15

Set:	Innen – Wayne Manor, Steuerungsraum
Personen:	Mutter, Craps, HAL 9000
Dauer:	1:30 Min.

Mutter: (fasst zusammen)
„Okay, unser aktueller Stand ist, dass dieser Supercomputer HAL 9000 heißt und uns wohlgesonnen ist oder uns zumindest nicht töten möchte. Inwieweit hilft uns das jetzt in der Steuerung weiter?" [1]

Craps: „Ich habe noch eine Idee. Falls die nicht funktioniert, müssen wir in den technischen Bedienungsanleitungen nachsehen, die Mrs. Bolt im Tresor gesichtet hatte." [2]

Mutter: (irritiert)
„Warum haben wir denn das nicht gleich gemacht?" [3]

Craps: (holt ihr Smartphone erneut hervor)
„Bedienungsanleitungen zu lesen ist die Ultima Ratio. Ich lese Ihnen mal ein Beispiel für eine Textverarbeitung vor." [4]

Regie: *Nach und nach diverse Textinserts von Fragezeichen in jedem Bereich des Bildes.* [5]

Craps: „Indem Sie die Druckformatvorlage des Dokuments mit der Druckformatvorlage der Druckformatvorlage verbinden, können Sie die Druckformatvorlage der Dokumentenvorlage aktualisieren. Wenn Sie die Druckformatvorlage eines Dokuments mit der Druckformatvorlage einer Dokumentenvorlage verbinden, ersetzen die Druckformatdefinitionen des Dokuments die gleichnamigen Druckformatdefinitionen der Dokumentenvorlage." [6]

Regie: *Alle Textinserts verschwinden.* [7]

Mutter: (winkt mit den Händen ab)
„Okay, Mildred. Verstanden. Wie sieht Ihre Alternative aus?" [8]

Craps: (ruft)
„HAL, Statusbericht!" [9]

HAL 9000: *HAL 9000*
Sprechender Supercomputer mit sanfter Stimme.
Parodiert HAL 9000 aus „2001: Odyssee im Weltraum"
(Roboterstimme)
„Diagnose abgeschlossen. Alle Systeme arbeiten einwandfrei." [10]

Mutter/ Craps: (lächeln) [11]

Mutter:	(zu Craps) „Sie sind fantastisch, Mildred!" [12]
Craps:	(zu Mutter) „Sie schmeicheln mir, Mutter. – Und nun wollen wir HAL 9000 einmal auf den Zahn fühlen." (zu HAL 9000) „HAL, was hat es mit der 9.000 auf sich? Hattest Du 8.999 Vorgänger?" [13]
HAL 9000:	(Roboterstimme) „Negativ. Ich bin einzigartig." [14]

Szene 16

Set:	**Innen – West-Wayne-World, Im Saloon**
Personen:	**Sweet, Bolt, Maybesick, Spieler 1, Spieler 2, Statisten**
Dauer:	**1:45 Min.**

Sweet/ Bolt:	(gehen zum Tisch, an dem gespielt wird) [1]
Spieler 1:	„Mir reicht's, Maybesick!" (steht vom Tisch auf) „Du hast wie immer mehr Glück als Verstand." (geht an Sweet und Bolt vorbei) [2]
Bolt:	(zu Sweet) „Das muss Bret Maybesick sein. Ich habe seinen Film gesehen: ‚Maverick – Den Colt am Gürtel, ein As im Ärmel', Warner Bros, 1994." [3]
Spieler 2:	„Mir langt's auch, Maybesick!" (steht vom Tisch auf) „Ich kann es zwar nicht beweisen, aber Du wendest faule Tricks an." (geht an Sweet und Bolt vorbei) [4]
Maybesick:	(schaut auf zu Sweet und Bolt) „Mam! Sir! Haben Sie Lust auf eine Runde Poker?" (breitet seine Hände über den Karten aus) [5]
Sweet:	(zu Bolt) „Laura?" [6]
Bolt:	(zu Sweet) „Ein nettes Angebot." [7]
Sweet:	(hält Bolt einen Stuhl hin) „Diese Lady ist Laura Bolt ..." [8]
Bolt:	(setzt sich, zu Maybesick) „Hallo." [9]
Sweet:	(nimmt sich einen eigenen Stuhl und setzt sich) „... und mein Name ist John Sweet." [10]
Maybesick:	„Angenehm. Ich bin Bret Maybesick." [11]
Bolt:	(zwinkert Sweet zu) [12]
Maybesick:	(greift die Karten) „Wir spielen Five Card Draw. Es gibt keine Limits. Weder beim Wetten noch beim Kartentausch."

	(verteilt offen die einzelnen Karten bis bei Bolt ein Bube erscheint) „Mrs. Bolt, Sie sind unsere erste Geberin." (sammelt alle Karten zusammen und reicht den Stapel an Bolt) [13]
Bolt:	(nimmt den Stapel, mischt ihn und verteilt die Karten) [14]
Maybesick:	„Ach, eins noch: Ich verspreche, dass ich mindestens eine Stunde lang verlieren werde." [15]
Sweet:	„Oh, das ist ungewöhnlich!" [16]
Maybesick:	(zu Sweet) „So mache ich das immer bei Neuankömmlingen." [17]
Regie:	*Saloon-Uhr auf 18.05 Uhr stellen.* [18]
Bolt:	(schaut auf die Saloon-Uhr, wirft absichtlich eine Karte auf den Boden zwischen sich und Sweet und bückt sich, so dass sie unter dem Tisch verschwindet) [19]
Sweet:	(bückt sich ebenfalls nach der Karte, so dass er unter dem Tisch verschwindet) [20]
Kamera:	*Schwenk und Zoom-in zur Halbnahen unter Tisch.* [21]
Bolt:	(zu Sweet, flüsternd) „John, das ist wie im Film. Nach sechzig Minuten zieht er uns ab. Aber ich werde die Uhr im Blick behalten und Ihnen ein Zeichen geben, wenn es soweit ist." [22]
Sweet:	(zu Bolt, flüsternd) „Was für ein Zeichen, Laura?" [23]
Bolt:	(zu Sweet, flüsternd) „Ich werde nach dem Absacker fragen." (greift die heruntergefallene Karte) [24]
Sweet:	(zu Bolt, flüsternd) „Gut." [25]
Kamera:	*Zoom-out zur Halbtotalen des Raums.* [26]
Maybesick:	„Muss ich mir Sorgen machen, Mrs. Bolt, Mr. Sweet?" [27]
Sweet/ Bolt:	(tauchen unter dem Tisch auf) [28]
Bolt:	(hebt die Karte hoch) „Habe die Karte. – Es hat sie keiner gesehen, aber ich teile gern neu aus." [29]
Maybesick:	(beschwichtigend) „Das wird nicht nötig sein. Ich vertraue Ihnen. – Lassen Sie uns anfangen!" [30]

Szene 17

Set:	**Außen – Future-Wayne-World, Im Auto**
Personen:	**Feel, Steel**
Dauer:	**0:15 Min.**

Set:	*In einem DeLorean.* *Platz für 2 Personen.* [1]
Steel:	(sitzt am Steuer) [2]
Feel:	(sitzt auf dem Beifahrersitz) [3]
Steel:	(dreht sich zu Feel) „Als Amerikaner kann ich aber nur rechts fahren." [4]
Feel:	(dreht sich zu Steel) „Das ist egal, glauben Sie mir." [5]
Steel:	(irritiert) „Wie kann das bei Euch Briten egal sein?" [6]
Feel:	(zeigt mit der Hand nach vorn) „Werfen Sie einen Blick auf die Straße!" [7]
Regie:	*Die Kamera folgt Feels Hand und zeigt eine einspurige Straße wie sie typischerweise in Irland oder Schottland zu finden ist.* [8]
Steel:	„Na gut, dann los!" [9]

Szene 18

Set:	**Außen – Future-Wayne-World, Im Auto**
Personen:	**Feel, Steel**
Dauer:	**1:45 Min.**

Regie: *In der Szene werden alle Dialoge von Feel und Steel durch Musikstücke erzeugt. Sängerinnen für Feel und Sänger für Steel. Die Darsteller bewegen ausschließlich ihre Lippen zu den Titeln. Die Dauer enthält einen Puffer, um Zeit für einen Perspektivwechsel zu haben, z. B. zeigen der Verkehrssituation vorn und zeigen der Lippenbewegung mit dafür erforderlichem Blick von vorn nach hinten. Die Szene ist in kleine Abschnitte geteilt, bei deren Wechsel eine Blende eingesetzt werden kann.* [1]

Regie: *Abschnitt „Allgemeine Einweisung" mit Nettozeit Musik ca. 0:22 Min.* [2]

Bearbeitung: *Musik Boy - Drive Darling (2012) von ca. 0:05 bis 0:09 Min.* [3]

Feel: „You close the door and start the motor." [4]

Bearbeitung: *Musik Mike & the Mechanics – Looking back over my Shoulder (1995) von ca. 0:32 bis 0:38 Min.* [5]

Steel: „Looking back over my shoulder." [6]

Bearbeitung: *Musik Tic Tac Toe – Spiegel (2005) von ca. 1:08 bis 1:12 Min.* [7]

Feel: „Mein Spiegel zeigt mir nicht, was ich sehen will." [8]

Bearbeitung: *Musik Meat Loaf – Objects in the Rear View Mirror (may appear closer than they are) (1994) von ca. 1:51 bis 1:59 Min.* [9]

Steel: „Objects in the rear view mirror may appear closer than they are." [10]

Regie: *Abschnitt „Zeichenkunde" mit Nettozeit Musik ca. 0:14 Min.* [11]

Bearbeitung: *Musik Howard Carpendale – ... Und ich warte auf ein Zeichen (1975) von ca. 0:54 bis 0:58 Min.* [12]

Steel: „Und ich warte auf ein Zeichen." [13]

Bearbeitung: *Musik Ace Of Base – The Sign (1993) von ca. 1:00 bis 1:02 Min.* [14]

Feel: „I saw the sign." [15]

Bearbeitung: *Musik Fertig, Los! – Links, Rechts, Links (2007) von ca. 0:15 bis 0:20 Min.* [16]

Steel: „Links, rechts, links. Links, rechts, links." [17]

Bearbeitung:	*Musik Captain Jack – Captain Jack (1995) von ca. 0:24 bis 0:27 Min.* [18]
Feel:	(schüttelt Kopf) „Left, right, right, left." [19]
Regie:	*Abschnitt „Ampel" mit Nettozeit Musik ca. 0:14 Min.* [20]
Bearbeitung:	*Musik Lena – Traffic Lights (2015) von ca. 0:41 bis 0:45 Min.* [21]
Feel:	„I hope that the traffic lights don't change." [22]
Bearbeitung:	*Musik The Hooters – Johnny B. (1987) von ca. 0:51 bis 0:56 Min.* [23]
Steel:	„Straight ahead a green light turns to red." [24]
Bearbeitung:	*Musik Spice Girls – Stop (1997) von ca. 1:01 bis 1:03 Min.* [25]
Feel:	„Stop right now." [26]
Bearbeitung:	*Musik Kitchens of Distinction – Drive that fast (1990) von ca. 1:01 bis 1:04 Min.* [27]
Steel:	„I would never want to drive that fast." [28]
Regie:	*Abschnitt „Tunnelanfang und –ende" mit Nettozeit Musik ca. 0:05 Min.* [29]
Bearbeitung:	*Musik Katy B feat. Miss Dynamite – Lights on (2010) von ca. 0:03 bis 0:06 Min.* [30]
Feel:	„Keep on moving with the lights on." [31]
Bearbeitung:	*Musik Peter Wolf – Lights out (1984) von ca. 0:04 bis 0:06 Min.* [32]
Steel:	„Lights out, ah ha." [33]
Regie:	*Abschnitt „Sackgasse" mit Nettozeit Musik ca. 0:09 Min.* [34]
Bearbeitung:	*Musik Fury in the Slaughterhouse – One Way Dead End Street (Radio Edit) (1998) von ca. 0:24 bis 0:30 Min.* [35]
Steel:	„This Is a one way dead end street." [36]
Bearbeitung:	*Musik Alena – Turn it around (1998) von ca. 0:26 bis 0:29 Min.* [37]
Feel:	„Turn it around, baby." [38]
Regie:	*Abschnitt „Autobahn" mit Nettozeit Musik ca. 0:19 Min.* [39]
Bearbeitung:	*Musik Tracy Chapman – Fast Car (1988) von ca. 1:45 bis 1:47 Min.* [40]
Feel:	„You got a fast car." [41]
Bearbeitung:	*Musik Kraftwerk – Autobahn (1974) von ca. 1:06 bis 1:09 Min.* [42]
Steel:	„Wir fahr'n, fahr'n, fahr'n auf der Autobahn." [43]
Bearbeitung:	*Musik Even as we speak – Getting faster (1993) von ca. 0:28 bis 0:31 Min.* [44]

Feel:	„You're getting faster." [45]
Bearbeitung:	*Musik Tom Liwa – Für die linke Spur zu Langsam (2000) von ca. 0:47 bis 0:58 Min.* [46]
Steel:	„Für die linke Spur zu langsam, für die rechte Spur zu schnell." [47]

Szene 19

Set:	**Außen – Future-Wayne-World, Im Auto**
Personen:	**Feel, Steel**
Dauer:	**0:45 Min.**

Steel: (erleichtert)
„Puh, das Fahren habe ich einfach in zwei Minuten gelernt." [1]

Feel: „Nein, eigentlich dauerte das deutlich länger – war nur schnell im Zeit-raffer. Kommen Sie mal mit!"
(steigt aus dem DeLorean und stellt sich hinter den Wagen) [2]

Steel: (steigt aus dem DeLorean und stellt sich neben Feel) [3]

Feel: (zeigt auf mehrere Blechschäden)
„Und eigentlich haben Sie es auch nicht geschafft, Harry. Stoßstange, ..."
(zeigt auf weitere Stelle beim Spoiler)
„Spoiler." [4]

Steel: (verwirrt)
„Emma, Sie wollen doch nicht etwa das Ende des Films verraten?" [5]

Feel: „Verraten? Ach, spoilern. Ich vergaß, dass Sie nicht vom Fach sind. Der Spoiler ist ein Fahrzeugteil." [6]

Steel: (einlenkend)
„Aha. Ich denke, es ist wohlmöglich besser, wenn Sie fahren, Emma." [7]

Feel: (geht an Steel vorbei, steigt auf der anderen Seite ein und setzt sich auf Fahrersitz) [8]

Steel: (steigt auf der anderen Seite ein und setzt sich auf Beifahrersitz) [9]

Bearbeitung: Textinsert „Wie es wohl John Sweet und Laura Bolt derweil beim Pokern ergeht? Bleiben Sie dran!" [10]

WERBUNG

Bearbeitung: Textinsert „Und jetzt schauen wir, wieder in ‚West-Wayne-World' vorbei." [11]

Szene 20

Set:	**Innen – West-Wayne-World, Im Saloon**
Personen:	**Sweet, Bolt, Maybesick, Barkeeper, Sandwich-Man, Statisten**
Dauer:	**3:30 Min.**

Bearbeitung:	*Musikstart David Buttolph + Paul Francis Webster – Maverick Theme (Original Series) (1958) von ca. 1:00 bis 1:23 Min.* [1]
Regie:	*Kartenspiel im Zeitraffer von ca. 23 Sekunden zeigen und mit dauerhafter Überblendung der Saloon-Uhr, bis diese 18:52 Uhr anzeigt.* [2]
Sweet/ Bolt/ Maybesick:	(spielen Karten und das Geld wandert zu gleichen Teilen von Maybesick an Sweet und Bolt, aber am Ende liegt alles im Topf) [3]
Bearbeitung:	*Musikende.* [4]
Maybesick:	„Full House." (deckt seine Karten entsprechend auf und schiebt mit beiden Händen den Pott zu sich) [5]
Bolt:	(schaut noch einmal ungläubig zur Uhr, dann zu Maybesick, entrüstet) „Aber es sind noch keine sechzig Minuten um, Mr. Maybesick!" [6]
Maybesick:	(zu Bolt) „Wer hat etwas von sechzig Minuten gesagt, Mrs. Bolt?" [7]
Sweet:	(zu Maybesick, entrüstet) „Sie wollten uns eine Stunde gewinnen lassen, Mr. Maybesick!" [8]
Maybesick:	(lächelnd) „Ich meinte eine 45-minütige SCHULstunde und die kann natürlich nicht gratis sein." (windet seine Hände durch das Geld) „Ihr Lehrgeld war ganz ordentlich." [9]
Bolt:	(zu Sweet, sauer) „Da können wir wohl nichts machen, John." [10]
Sweet:	(zu Maybesick, ungläubig) „Wie haben wir uns denn verraten?" [11]
Maybesick:	(lächelnd) „Okay, da es eine Unterrichtseinheit war, sollte es wohl angemessen sein, dass Sie etwas mitnehmen." (zu Sweet) „Mr. Sweet, bei einem Bluff haben Sie immer Ihren Hut sehr tief ins

Gesicht gezogen. Bei einem guten Blatt war dann wieder freie Sicht."
(zu Bolt)
„Und bei Ihnen, Mrs. Bolt, war es quasi umgekehrt: Einen Bluff haben Sie sich nicht ansehen lassen, aber wenn Sie eine geeignete Kombination hatten, haben Sie mit Daumen und Zeigefinger Ihrer rechten Hand an Ihrem Ringfinger der linken Hand gespielt."
(macht die Geste mit seinen Händen nach)
„Haben Sie mal einen Ring getragen?" [12]

Bolt:	(sieht irritiert auf ihren linken Ringfinger, entrüstet) „Äh ... das geht Sie gar nichts an, Mr. Maybesick!" (steht auf, zu Sweet) „John, ich brauche sofort den Absacker!" [13]
Sweet:	(zu Maybesick, tippt sich an den Hut) „Mr. Maybesick." (steht auf, zu Bolt) „Haben wir denn noch genug Geld?" [14]
Bolt:	(zu Sweet) „Es wird gerade so reichen." [15]
Maybesick:	(zählt während des folgendes Dialogs sein Geld und verstaut es in einer Satteltasche) [16]
Sweet/ Bolt:	(gehen zur Bar und setzen sich wieder auf die gleichen Hocker) [17]
Bolt:	(zum Barkeeper) „Barkeeper, eine letzte Runde für uns!" (gibt Barkeeper letztes Geld) [18]
Sweet:	„Laura, ich habe den Eindruck, dass Sie die Frage nach dem Ring mehr mitgenommen hatte, als Maybesicks Trick uns das Geld abzuknöpfen." [19]
Barkeeper:	(schenkt erstes Glas ein) [20]
Bolt:	„Sie haben recht, John. Ich weiß genau, dass ich weder verheiratet bin noch war und daher keinen Ring trage, aber irgendwie spüre ich eine Vertrautheit." [21]
Barkeeper:	(schenkt zweites Glas ein und schiebt beide Gläser zu Sweet und Bolt) [22]
Bolt:	(schüttelt den Kopf) „Ach, John, ich weiß auch nicht. Ich bin eigentlich der rationale Typ. — Können wir nicht lieber mal über Sie reden?" [23]
Sweet:	(greift sein Glas und hebt es Richtung Bolt) „Aber erst der Absacker!" [24]
Bolt:	(greift ihr Glas und stößt mit Sweets Glas an) „Auf Ihr Wohl, John!" [25]
Sweet:	(nickt) [26]

Sweet/ Bolt:	(leeren ihre Gläser auf ex und stellen sie wieder auf den Tresen) [27]
Sweet:	„Tja, wo fange ich an?" [28]
Bearbeitung:	*Musikstart Andy Williams – (Where do I begin) Love Story (1970) ab ca. 0:21 Min.* [29]
Regie:	*Sweet spricht weiter, ohne dass man etwas hören kann.* [30]
Sandwich-Man:	(betritt den Saloon) [31]
Kamera:	*Zoom-in zur Großaufnahme Plakat-Vorderseite des Sandwich-Mans.* [32]
Regie:	*Plakattext: „Wir wissen, wo SIE anfangen sollten! Kaufen Sie ,Mit Zwirn, Faden und Melone – Staatsfeind Nr. 1' ..."* [33]
Sandwich-Man:	(dreht sich um) [34]
Kamera:	*Zoom-in zur Großaufnahme Plakat-Rückseite des Sandwich-Mans.* [35]
Regie:	*Plakattext: „... und ,Mit Schirm, Darm und Patrone – Der Club der Killer'. Beide Filme jetzt auf DVD und Blu Ray."* [36]
Sandwich-Man:	(tritt ab) [37]
Bearbeitung:	*Musikende.* [38]
Maybesick:	(steht auf und geht zu Sweet und Bolt) „Hey, Sie beide! Ich habe meine Tageseinnahmen gezählt, die dank Ihnen phänomenal hoch sind." (nimmt eine Filmdose aus seiner Satteltasche) „Als Zeichen meiner Wertschätzung möchte ich Ihnen noch ein kleines Geschenk machen." (reicht die Filmdose Bolt) [39]
Kamera:	*Zoom-in zum Detail Filmdose.* [40]
Regie:	*Auf der Filmdose steht „Maverick – Produced by the Man in the High Castle".* [41]
Kamera:	*Zoom-out zur Halbtotalen.* [42]
Bolt:	(wehrt die Filmdose ab) [43]
Sweet:	(ergreift stattdessen die Filmdose, zu Maybesick) „Danke, Mr. Maybesick." [44]
Maybesick:	„Ich wünsche Ihnen einen guten Abend." (tippt mit Zeige- und Mittelfinger an seine Hutkrempe, tritt ab) [45]
Bolt:	„Warum haben Sie das hässliche Ding angenommen?" [46]
Sweet:	„Wir wollen doch Spuren sammeln?! Und da wir bislang nur Geldabflüsse gefunden haben, kann die Filmdose sicherlich nicht schaden." (schaut auf die Filmdose) „Ah, es geht passend um den ,Maverick'-Film."

(schüttelt die Filmdose, kein Geräusch zu vernehmen)
„Da scheint aber gar nichts drinnen zu sein. Ich hatte eigentlich auf die Filmrolle gehofft." [47]

Bolt: (erschöpft)
„Mir reicht's für heute, John. Lassen Sie uns Zimmer im benachbarten Hotel beziehen."
(steht auf) [48]

Sweet: „Laura, wir haben kein Geld mehr für ein Hotel."
(steht auf) [49]

Bolt: „Verdammt! – Na, es ist relativ warm draußen. Lassen Sie uns unsere Nachtstätte neben einem Pferdestall aufschlagen. Der strahlt weitere Wärme ab." [50]

Sweet: (hakt Bolt unter)
„Mit Ihnen würde ich auch Pferde stehlen, Laura." [51]

Sweet/ Bolt: (treten ab) [52]

Szene 21

Set:	Außen – Future-Wayne-World, Auf der Straße
Personen:	Feel, Steel, Manner (Helm mit „I Love (Heart) Violence"-Aufkleber, Sonnenbrille, grelle Klamotten), Borg, Daweg
Dauer:	3:30 Min.

Set:	*Gerade, asphaltierte Straße inmitten einer Waldlandschaft. Platz für 3 Personen.* [1]
Bearbeitung:	*Musikstart Danny Elfman – Sledge Hammer! Theme (1986).* [2]
Manner:	*Sledge Manner* *Helle, etwas längere Haare, im bunten, gestreiften Anzug mit nicht passender Krawatte. Trägt immer eine sehr große Waffe, die er Suzie nennt. War Mitarbeiter der Mordkommission der Polizei von San Francisco. Parodiert Sledge Hammer aus „Sledge Hammer"* (fährt mit Motorrad und Blaulicht vor den DeLorean und steigt vom Motorrad, auf Kofferraumtasche liegt Waffe auf rotem Samtkissen gebettet, nimmt Waffe ehrfurchtsvoll an sich und geht zum DeLorean) [3]
Feel:	(dreht die Scheibe herunter) [4]
Bearbeitung:	*Musikende.* [5]
Manner:	„Führerschein und Papiere!" [6]
Feel:	(holt die Unterlagen aus dem Handschubfach und reicht sie ihm) „Hier bitte, Officer." [7]
Manner:	(zu Feel) „Nicht ‚Officer'. Robocop Sledge Manner." (studiert kurz die Unterlagen) „Hm, Emma Feel. Okay." (zu Steel, winkt mit der Hand zu sich) „Auch von Ihnen!" [8]
Feel:	(irritiert) „Aber er ist gar nicht gefahren, Sir." [9]
Steel:	„Exakt. Ich bin gar nicht gefahren … zumindest jetzt nicht mehr." [10]
Manner:	„Ich wiederhole mich nur ungern – außer beim Schießen. Also Papiere auch von Ihnen!" [11]
Steel:	(reicht ihm über Feel die Unterlagen) [12]
Manner:	(lesend)

„Richard Blaine, Australien. – Paul Fabrini, Italien. – John Murrell, Frankreich. – Douglas Quintain, England. – Michael O'Leary, Irland." [13]

Steel:	(aufgeregt) „Ich kann das erklären!" [14]
Manner:	(amüsiert) „Da bin ich aber gespannt." (zieht seine Waffe und spannt den Abzug) „Und meine Suzie auch!" [15]
Steel:	(hebt eine Hand und streckt den Daumen raus) „Richard Blaine ist aus ‚Casablanca'." (streckt Zeigefinger) „Paul Fabrini ist aus ‚Sie fuhren bei Nacht'." (streckt Mittelfinger) „John Murrell ist aus ‚Goldschmuggel nach Virginia'." (streckt Ringfinger) „Douglas Quintain ist aus ‚Mr. Dodd geht nach Hollywood'." (streckt kleinen Finger) „Und Michael O'Leary ist aus ‚Opfer einer großen Liebe'." [16]
Manner:	(beunruhigt) „Und? – Meine Suzie wird schon ganz nervös." [17]
Steel:	(nimmt seine Hand wieder herunter, zurückhaltend) „Na, das sind alles Bogey-Rollen?!" [18]
Manner:	(beunruhigt) „Bogey-Rollen?" [19]
Feel:	(hebt ihre Hände) „Ich fasse es nicht! Wir sind schon wieder beim Film: Humphrey Bogart." [20]
Steel:	(blickt zu Feel, erfreut) „Exakt, Emma. Humphrey Bogart." [21]
Manner:	(zaghaft lächelnd) „Ah, Sie sind also Humphrey Bogart und …" [22]
Steel:	(unterbricht, zu Manner) „Nein, nein, der ist doch tot." [23]
Manner:	(verärgert) „Sie haben demnach die Papiere eines Toten. Haben Sie ihn auf dem Gewissen?" (nimmt seine Waffe in Anschlag) [24]
Feel:	(beschwichtigend) „Wow wow! Der ist bereits seit vielen Jahren tot." [25]
Steel:	(blickt zu Feel, erfreut)

„Wieder exakt, Emma."
(zu Manner)
„Er starb 1957. Da ich noch gar nicht so alt bin, kann ich wohl schlecht der Mörder sein, oder?" [26]

Manner: (verärgert)
„Ich will mir zumindest mal Ihren seltsamen Wagen genauer ansehen. – Aussteigen, Hände an den Wagen!" [27]

Feel/ Steel: (steigen aus dem Wagen, drehen sich so, dass sie ihre Hände auf den Wagen legen können) [28]

Manner: (schaut bei den Sitzen, dann dahinter in den Wagen, geht zum Kofferraum, öffnet diesen und steckt seinen Kopf hinein)
„O Mann! Das sieht aber ganz übel für Sie aus!" [29]

Feel/ Steel: (aufgeregt)
„Was?" [30]

Manner: „Na, Sie haben da einen Schlagersänger und einen Daweg drin." [31]

Borg: *Andy Borg*
Schlagersänger und König des Borg-Kollektivs.
Parodiert real existierende Person bzw. Borg-Königin aus „Star Trek – The Next Generation"
(aus dem Off)
„Ich bin der Borg. Sie werden assimiliert werden. Deaktivieren Sie Ihren Hörschutz und ergeben Sie sich. Ich werde ihre musikalischen und schunkelnden Charakteristika den meinigen hinzufügen. Ihre Ohren werden sich anpassen und mir zuhören. Widerstand ist zwecklos!" [32]

Daweg: *Daweg*
Mitglied einer nichtmenschlichen Rasse, die eine fragwürdige Ideologie mit „Rassenreinheits"-Fanatismus hat.
Parodiert einen Dalek aus „Dr. Who"
(aus dem Off)
„Eliminieren!" [33]

Borg: (aus dem Off)
„Assimilieren, nicht eliminieren!" [34]

Daweg: (aus dem Off)
„Eliminieren!" [35]

Feel: (zu Manner)
„Können Sie den Kofferraum bitte wieder schließen, Sir?" [36]

Borg: (aus dem Off)
„Assimilieren, nicht eliminieren!" [37]

Daweg: (aus dem Off)
„Eliminieren!" [38]

Manner:	(zu Feel) „Mit dem größten Vergnügen." (schaut seine Waffe an, irre) „Suzie, möchtest Du vorher assimilieren oder eliminieren?" [39]
Borg:	(aus dem Off) „Assimilieren, nicht eliminieren!" [40]
Daweg:	(aus dem Off) „Eliminieren!" [41]
Feel:	(zu Manner) „Das Schließen des Kofferraums wird sicherlich reichen, Sir." [42]
Borg:	(aus dem Off) „Assimilieren, nicht eliminieren!" [43]
Daweg:	(aus dem Off) „Eliminieren!" [44]
Manner:	(enttäuscht) „Na gut." (schließt den Kofferraum, steckt seine Waffe weg, geht wieder nach vorn und übergibt Feel eine Filmdose) [45]
Kamera:	*Zoom-in zum Detail Filmdose.* [46]
Regie:	*Auf der Filmdose steht „Zurück in die Zukunft – Produced by the Man in the High Castle".* [47]
Manner:	(aus dem Off) „Na, dann will ich es ausnahmsweise bei dieser Verwarnung belassen." [48]
Kamera:	*Zoom-out zur Halbtotalen.* [49]
Manner:	(geht zu seinem Motorrad, legt die Waffe wieder aufs Samtkissen steigt auf und fährt weg) [50]
Steel:	„Was war verrückter: Robocop Sledge Manner oder Star Trek trifft Dr. Who im Kofferraum?" (steigt wieder ein) [51]
Feel:	(schüttelt die Filmdose, es ist nichts zu hören) „Vermutlich Robocop Sledge Manner." (steigt ein und zeigt Steel die Filmdose, ratlos) „Als Verwarnung gab es 'Zurück in die Zukunft', aber es scheint gar keine Filmrolle drin zu sein." [52]

Szene 22

Set:	Außen – West-Wayne-World, Beim Pferdestall
Personen:	Sweet, Bolt, Manner (Cowboy-Kleidung mit Sheriff-Stern mit „I Love (Heart) Violence"), Zimbalist Jr., Sandwich-Man
Dauer:	8:00 Min.

Set:	*Holzstall zwischen anderen Holzgebäuden. Das große Tor ist mit einem einfachen Riegel geschlossen.* *Platz für 5 Personen.* [1]
Sweet/ Bolt:	(kauern mit geschlossenen Augen neben Pferdestall am Boden) [2]
Manner:	(tritt auf, stellt sich vor die beiden, kaut die ganze Zeit Tabak, zieht seine Waffe und spricht irre mit ihr) „Suzie, schau' Dir nur diesen Abschaum an!" (zeigt mit der freien Hand auf Sweet und Bolt) „Meinen hier den Schlaf der Ungerechten schlafen zu können. – Suzie, willst Du sie wecken? – Ja?" (zielt mit der Waffe auf dem Boden vor Sweet und Bolt und drückt ab) [3]
Bearbeitung:	*Geräusch Schuss.* [4]
Sweet/ Bolt:	(zucken zusammen und öffnen erschrocken die Augen) [5]
Manner:	(brüllt) „Aufgestanden! Und keine falsche Bewegung!" [6]
Sweet:	(irritiert) „Was soll das?" (erhebt sich langsam) [7]
Bolt:	(erbost) „Wir rufen gleich den Sheriff zur Hilfe!" (erhebt sich langsam) [8]
Manner:	(gehässig) „Das wird nicht nötig sein. Ich bin schon da: Sheriff Sledge Manner." (fasst sich mit der freien Hand an die Weste, zieht diese zur Seite und lässt seinen Sheriff-Stern erscheinen) „Vertrauen Sie mir. Ich weiß, was ich tue. – So, lasst Euch mal genauer ansehen." (blickt zu Sweet) „Arroganter Engländer. Passt." (blickt zu Bolt) „Wilde Stute. Passt auch." [9]

Sweet:	(entrüstet) „Noch einmal: Was soll das?"[10]
Manner:	„Der Barkeeper hat mich informiert, dass Ihr Pferde stehlen wollt."[11]
Sweet:	(entrüstet) „Das ist doch nur eine Redensart gewesen." (zeigt mit der linken Hand zum Pferdestall) „Haben wir etwa diese Tiere gestohlen?"[12]
Bolt:	„Wir sind unschuldig!"[13]
Manner:	„Das sagt jeder."[14]
Sweet:	(erleichtert) „Wenn es jeder sagt, dann glauben Sie uns also?"[15]
Manner:	„Das sagt jeder, aber niemand ist unschuldig. Ich werde es Euch beweisen." (zu Sweet) „Was machst Du beruflich?"[16]
Sweet:	„Ich bin Agent des britischen Geheimdienstes."[17]
Manner:	„Soso. Und da sitzt Du jeden Tag am Schreibtisch, schreibst Berichte, kochst Kaffee und buckelst vor Deinem Chef?"[18]
Sweet:	(entrüstet) „Natürlich nicht. Ich jage jeden Tag feindliche Agenten und bringe diese zur Strecke."[19]
Bolt:	(entsetzt) „Oh, nein! Das hätten Sie nicht sagen sollen, John!"[20]
Manner:	(erfreut) „Oh, doch! Genau, was ich erwartet habe. Eindeutig schuldig!" (spuckt Kautabak vor Sweet aus und wendet sich zu Bolt) „Und nun zu Dir. Wie sieht Dein Tag aus, Wildfang? Kochen, Stricken, Nähen?"[21]
Bolt:	(erregt, zögerlich) „Ich bin Privatdetektivin …"[22]
Manner:	(unterbricht, ahmt Bolts Stimme nach) „… jage jeden Tag Ganoven und bringe diese zur Strecke."[23]
Bolt:	(erbost) „Nein, ich ermittele nur und liefere dann die Kriminellen bei der Justiz ab."[24]
Manner:	„Und DAS soll ich glauben?"[25]
Bolt:	„Ich schwöre beim Grab meines Vaters!"[26]

Manner:	(zu Bolt) „Okay, dann will ich Dir mal glauben." (zu Sweet) „Was Dich anbelangt: Weißt Du, was das Schöne am Wilden Westen ist? – Urteile können sofort vollstreckt werden." (schaut zu seiner Waffe) „Und was sagst Du, Suzie?"[27]
Sweet:	(leise, zu Bolt) „Hat der etwa gerade mit seiner Waffe gesprochen?"[28]
Bolt:	(leise, zu Sweet) „Ich glaube ja. Mir schwant nichts Gutes."[29]
Manner:	(amüsiert) „So, Freundchen. Hast Du noch einen letzten Wunsch, bevor ich das Urteil vollstrecke?"[30]
Bearbeitung:	*Geräusch Handyklingeln.*[31]
Bolt:	(holt das Handy aus ihrer Hosentasche hervor)[32]
Manner:	(erbost, zu Bolt) „Ah, doch nicht die Unschuld vom Lande! Handys sind im Wilden Westen verboten. Nun mach' auch Du Dein Testament, Kleines!" (spuckt Kautabak vor Bolt aus)[33]
Bolt:	(schaut auf das Handydisplay und wendet sich dann zu Sweet, leise) „John, ich habe hier eine Nachricht von meinem Chef. Dieser Sledge Man- ner hat auch schon ihn und Mrs. Feel bedrängt. Das könnte unser Täter sein."[34]
Sweet:	(resigniert, leise) „Laura, aber inwiefern hilft uns diese Information in diesem Moment?" (zeigt mit einer zurückhaltenden Bewegung zur Waffe von Manner)[35]
Manner:	(amüsiert) „Dann will ich Euer Getuschel mal als Eure letzten Worte werten. Hasta la Vista, Ba ..."[36]
Zimbalist Jr.:	*Efrem Zimbalist Jr.* *Älterer, weißhaariger Mann. Er ist auf der einen Seite der tatsächliche* *Vater von Stefanie Zimbalist, die Laura Holt spielt. Auf der anderen Seite* *spielt er in „Remington Steele" Daniel Chalmers, Mentor von Harry.* *Parodiert real existierende Person* (tritt aus dem Schatten auf und schlägt Manner von hinten am Kopf mit einem Stein nieder)[37]
Manner:	(fällt bewusstlos zu Boden und verliert dabei seine Waffe)[38]
Bolt:	(erstaunt, zu Zimbalist Jr.) „Vater!"[39]

Zimbalist Jr.:	(zu Bolt) „Stefanie!" (bückt sich, nimmt Manners Waffe an sich und richtet diese auf ihn) [40]
Sweet:	(verwirrt) „Vater? Stefanie?" [41]
Bolt:	(zu Sweet) „John, ich kann alles erklären." (schaut zu Zimbalist Jr.) „Ähm, zumindest alles bis auf sein Auftauchen." [42]
Zimbalist Jr.:	„Wir sollten uns aber zunächst um diesen Revolverhelden kümmern. Hat jemand etwas zum Fesseln und Knebeln?" [43]
Bolt:	„Da wir sowieso schuldig gesprochen wurden, kann ich auch ein Seil aus dem Stall stehlen. Und einen Lappen als Knebel hat es da bestimmt auch." (geht in den Stall) [44]
Sweet:	(zu Zimbalist Jr.) „Sie sind also Ihr Vater?" [45]
Zimbalist Jr.:	(zu Sweet, nickt) „Efrem Zimbalist Jr. Und wer sind Sie?" [46]
Sweet:	„John Sweet." [47]
Zimbalist Jr.:	„Sehr erfreut, Mr. Sweet." [48]
Sweet:	„Ebenfalls und gut, dass Sie im rechten Augenblick aufgetaucht sind. Mr. Zimbalist Jr., wie kommt es, dass Ihre Tochter einen ganz anderen Namen trägt? Sie hat keinen Ehemann erwähnt." [49]
Bolt:	(kommt aus dem Stall zurück und hat zwei Seile und einen Lappen dabei) [50]
Zimbalist Jr.:	(grübelt) „Das ist zugegebenermaßen etwas kompliziert: Meine Tochter heißt im wahren Leben Stefanie Zimbalist und Laura Bolt ist nur der Name einer Rolle, die sie spielt." [51]
Bolt:	(bleibt stehen, zu Zimbalist Jr.) „Dad, es ist die Rolle meines Lebens! Während Pierce Brosnans Karriere danach immer größer wird, ..." (dreht sich zu Sweet) „... John, der wurde James Pond 006 ..." (schaut zu Sweet und Zimbalist Jr.) „... war meine Karriere danach eher bescheiden." (nimmt ein Seil und fesselt Manner) [52]
Sweet:	(irritiert) „James Pond kenne ich ... äh ... kannte ich. Der wurde kaltblütig ermor-

det."[53]

Bearbeitung:	*Musikstart Shirley Bassey – Goldfinger (1964) nur Intro ohne Gesang.* [54]

Sandwich-Man: (tritt auf) [55]

Kamera: *Zoom-in zur Großaufnahme Plakat-Vorderseite des Sandwich-Mans.* [56]

Regie: Plakattext: „Dies ist in allen schockierenden Einzelheiten bei ‚Mit Schirm, Darm und Patrone – Der Club Der Killer' zu sehen. Haben wir schon informiert, dass es das Meisterwerk auf DVD und Blu Ray gibt?" [57]

Sandwich-Man: (dreht sich um) [58]

Kamera: *Zoom-in zur Großaufnahme Plakat-Rückseite des Sandwich-Mans.* [59]

Regie: Plakattext: „Nicht zu vergessen ist natürlich auch der Vorgänger: ‚Mit Zwirn, Faden und Melone – Staatsfeind Nr. 1', der ebenfalls einige Bond-Bezüge aufweist." [60]

Sandwich-Man: (tritt ab) [61]

Bearbeitung: *Musikende.* [62]

Bolt: (hat Manner gefesselt, behält aber Lappen in der Hand, beschwichtigend, zu Sweet)
„John, ich denke die Ereignisse aus der wirklichen Welt spielen keine weitere Rolle." [63]

Sweet: (grübelnd, zu Bolt)
„Hängt aber damit auch Ihr Drehen eines nicht vorhandenen Ringes zusammen, Laura? Ist diese DIMENSION wohlmöglich gar nicht so weit weg?" [64]

Bolt: (grübelnd, zu Sweet)
„Äh ... ich weiß es nicht. Der Drehbuchautor hat in Wikipedia in allen Sprachen recherchiert, ob ich im wirklichen Leben mal verheiratet war. Mein Privatleben wird aber nicht beschrieben. Er konnte daher nichts finden. – Obwohl doch: Interessant ist wie ‚Remington Steele' im Russischen geschrieben wird."
(holt ein Stück Papier aus einer Tasche) [65]

Kamera: *Zoom-in zum Detail Papier.* [66]

Regie: *Auf dem Papier steht „Ремингтон Стил".* [67]

Kamera: *Zoom-out zur Halbtotalen.* [68]

Bolt: (zu Zimbalist Jr.)
„Dad, weißt Du mehr?" [69]

Zimbalist Jr.:   (zu Bolt)
„Leider nein. Ich dachte, dass es reiner Zufall ist, dass ich hier bin." [70]

Bolt: (zu Zimbalist Jr.)

	„Richtig. Was machst Du eigentlich hier?" [71]
Zimbalist Jr.:	(zu Bolt) „Hier ist doch das Set zu ‚Maverick' aufgebaut." [72]
Bolt:	(schlägt sich mit der Hand an den Kopf, zu Zimbalist Jr.) „Stimmt, Du hast ja bei der ursprünglichen Serie mitgemacht. Welchen komplizierten Namen hatten sie Dir da gleich nochmal gegeben?" [73]
Zimbalist Jr.:	(zu Bolt, stramme Haltung einnehmend) „James Aloysius ‚Dandy Jim' Buckley." [74]
Bolt:	(zu Sweet) „John, diesen Namen hat mein Vater bei ‚Maverick' für eine kleine NEBENROLLE bekommen." [75]
Sweet:	(neugierig) „Wann war das?" [76]
Manner:	(erwacht und stöhnt) [77]
Zimbalist Jr.:	(zu Sweet) „1957/ 58. Ich durfte einen durchtriebenen Betrüger spielen." [78]
Manner:	(stöhnt) „Verdammt. Noch ein Gangster. Und noch einmal 1957." (verärgert, zu Zimbalist Jr.) „Habe ich DIR meine Kopfschmerzen zu verdanken?" [79]
Zimbalist Jr.:	(zu Bolt) „Stefanie, Du wolltest Ihn doch auch knebeln?!" [80]
Bolt:	(lächelt) „Ich habe eine bessere Idee: Sheriff Manner wird uns hier und jetzt Rede und Antwort stehen!" [81]
Zimbalist Jr.:	(irritiert) „Wofür denn? Er hat Euch zu Unrecht beschuldigt, ich bin dazwischen gegangen, Ende der Geschichte." [82]
Sweet:	„Sir, ganz so leicht ist die Angelegenheit nicht. Worauf Ihre Tochter hinaus will, dass wir auf der Suche nach einem Mörder sind. Sheriff Manner passt ins Profil und ist möglicherweise unser Täter." [83]
Manner:	(verärgert) „Tochter?" (ahmt Stimme von Bolt nach) „Ich schwöre beim Grab meines Vaters." (zu Bolt) „So viel also zur Ehrlichkeit." (wendet sienen Kopf zu Sweet) „Was soll der Quatsch von einem Mörder? Ich bin Sheriff und Vollstrecker.

Nur legales Lynchen."[84]

Bolt:	(zu Manner) „Lassen Sie UNS das klären, Sheriff Manner. Wo waren Sie vor zwei Wochen am Dienstag?"[85]
Manner:	(überlegt) „O Mann! Da habe ich den Höhepunkt meiner Karriere gehabt: Ich musste am Ende der ersten Staffel meiner Serie so eine Atombombe in San Francisco entschärfen." (strahlt) „Was soll ich sagen? Es hat geklappt."[86]
Bolt:	(erregt) „Was heißt hier, es hat geklappt? Selbst in Los Angeles konnten wir den Atompilz deutlich sehen."[87]
Manner:	(Augen glänzen) „Aber das meine ich ja! Sonst war mein größter Erfolg ein Torpedo in einem Spielcasino: Überall Fisch und Chips. Aber jetzt eine Atombombe! – Nur meinem Chef, Captain Trank, konnte ich es mal wieder nicht recht machen. Er hat nur auf seinen hohen Blutdruck hingewiesen und mich rausgeschmissen."[88]
Sweet:	(zu Manner) „Und dann sind Sie hier gelandet?"[89]
Manner:	(ernüchtert) „Dann bin ich hier gelandet. Hier und in ‚Future-Wayne-World'. – Ist gar nicht so leicht gleich in zwei Welten für Recht und Ordnung zu sorgen. Aber dank meiner Suzie war bis heute alles gut gegangen." (blickt zu Zimbalist Jr., der immer noch die Waffe auf ihn gerichtet hat)[90]
Bolt:	(holt noch einmal ihr Smartphone aus der Tasche und blickt darauf, ohne es einzuschalten, murmelt) „Zwei Welten. Gutes Stichwort." (zu Manner) „Sheriff Manner, die Nachricht, dass Sie Mrs. Bolt und Mr. Steel bedrängt haben, erhielt ich unmittelbar nach Ihrem Auftauchen bei uns. Wie konnten Sie so schnell hierher gelangen?"[91]
Manner:	(amüsiert) „Hey, Baby, das ist nun wirklich ganz leicht. Zwischen ‚Future-Wayne-World' und ‚West-Wayne-World' gibt es einen Versorgungstunnel, bei dem man wie eine Rohrpost durchgeschossen wird. Am Anfang habe ich mir öfter auf meine Designeranzüge gekotzt, aber mittlerweile macht mir das nichts mehr aus."[92]
Sweet:	(zu Manner) „Sie brauchen nicht mehr kotzen?"[93]

Manner:	(zu Sweet) „Doch, aber ich lasse die Klamotten wie sie sind." [94]
Bolt:	(zusammenfassend) „Hm, dann ist für mich erst einmal einiges klar geworden: Sheriff Manner ist zwar äußerst gewalttätig, aber da er zum Zeitpunkt des Todes von Blues Wayne ein BOMBENSICHERES Alibi hat, können wir ihn von der Liste der Verdächtigen wieder streichen." [95]
Manner:	(aggressiv, zu Bolt) „Na los, Wildfang! Dann binde mich wieder los!" [96]
Bolt:	(lächelnd, zu Manner) „Das wiederum wollte ich damit nicht zum Ausdruck bringen." (stopft Manner Lappen in den Mund und reißt ihm den Sheriff-Stern von der Brust) „Sie sind eine Gefahr für die Öffentlichkeit, Mr. Manner. Wir werden später sehen, was wir mit Ihnen machen." [97]
Sweet:	(zu Bolt) „Wir sollten die Anderen informieren, dass Sledge Manner eine Sackgasse war." [98]

Szene 23

Set: Innen – Wayne Manor, Steuerungsraum

Personen: Mutter, Craps

Dauer: 0:15 Min.

Craps: (zu Mutter, begeistert)
                  „Diese Anlage ist ein Traum. Man kann die Androiden ganz intuitiv
                  steuern."
                  (zu HAL 9000)
                  „HAL, bitte lass' die drei Spieler im Saloon sich wie die ‚Three Stooges'
                  aufführen."[1]

Mutter: (lächelt)
                  „Ach ja, das habe ich als Kind neben Stan und Laurel auch immer gern
                  gesehen."[2]

Regie: *Ein Bildschirm in dem Steuerungsraum zeigt den Saloon. Das Bild wird für
                  den Szenenwechsel komplett heran gezoomt.*[3]

Szene 24

Set:	**Innen – West-Wayne-World, Im Saloon**
Personen:	**Maybesick, Spieler 1, Spieler 2**
Dauer:	**0:30 Min.**

Maybesick/ Spieler 1/ Spieler 2:	(sitzen um Tisch und spielen Karten) [1]
Spieler 1:	(erhebt sich abrupt, zornig) „Maybesick, diesmal hast Du es zu weit getrieben!" [2]
Spieler 2:	(erhebt sich abrupt, zornig) „Ja, ich konnte genau gesehen, dass Du das As aus dem Ärmel gezogen hast!" [3]
Maybesick:	(erhebt sich gemächlich, breitet seine Arme nach links und rechts aus) „Jungs, beruhigt Euch. Wenn ich ein weiteres As ins Spiel gebracht hätte, müssten wir jetzt eine Karte zu viel haben. Das lässt sich ganz einfach überprüfen." (will zu den Karten greifen) [4]
Spieler 1:	(hält Maybesicks Hände fest) „Auf den Trick fallen wir nicht mehr rein. Du hast selbstverständlich das As aus dem Spiel genommen." [5]
Spieler 2:	„So ist es. Die Gesamtzahl der Karten wird garantiert passen. Das wirst Du bereuen." [6]
Bearbeitung:	*Musikstart Ramin Djawadi – The Entertainer (Marvin Hamlish-Cover in: Westworld Staffel 2) (2018).* [7]
Maybesick:	(duckt sich) [8]
Spieler 2:	(schlägt zu und trifft versehentlich Spieler 1) [9]
Spieler 1:	(schlägt auf Spieler 2 ein) [10]
Maybesick/ Spieler 1/ Spieler 2:	(schlagen bunt durcheinander, dabei wird ein Fenster zur Straße eingeschlagen) [11]
Bearbeitung:	*Musikende.* [12]

Szene 25

Set: Innen – Wayne Manor, Steuerungsraum

Personen: Mutter, Craps

Dauer: 0:15 Min.

Regie: *Zoom-out vom Saloon zum Szenenwechsel auf einen Bildschirm im Steuerungsraum.* [1]

Mutter: (grübelt)
„Bei dem Schlagabtausch muss ich an meine Frauen denken." [2]

Craps: (irritiert)
„Frauen? Sie waren EINMAL verheiratet. Von dem Ehekrieg hatten Sie uns vorhin berichtet, Mutter." [3]

Mutter: (winkt ab)
„Das war nur der erste Ehekrieg. Drei weitere folgten." [4]

<u>Szene 26</u>

Set:	**Außen – Future-Wayne-World, Auf der Straße**
Personen:	**Feel, Steel**
Dauer:	**0:15 Min.**

Steel: „Emma, sind Sie immer noch überzeugt, dass aus mir ein guter Detektiv wird? Immerhin habe ich Sledge Manner zu Unrecht verdächtigt." [1]

Feel: „WIR haben ihn verdächtigt, Harry. Ich war genauso von seiner Schuld überzeugt." [2]

Steel: „Und wo machen wir hier jetzt weiter?" [3]

Feel: „Vielleicht sollten wir selber einmal einen Blick in den Kofferraum werfen." [4]

Steel: „Also dann noch einmal zurück zum Wagen." [5]

Szene 27

Set: Außen – Future-Wayne-World, Autoverleih

Personen: Feel, Steel, Helga, Crown, Robin

Dauer: 3:15 Min.

Regie: *Der DeLorean steht wieder im Schaufenster in vorderster Reihe.* [1]

Bearbeitung: *Geräuschstart lauter Alarm.* [2]

Feel: (schreit aufgrund des Lärmpegels)
                  „Borg und Daweg scheinen mittlerweile einen Alarm ausgelöst zu haben."
                  [3]

Crown: *Dr. Emmett Crown*
                  Weiße, lange Haare, die vom Kopf abstehen. Weißer Arztkittel. Genialer
                  Erfinder des Fluxkompensators, der – eingebaut in einen DeLorean – diesen
                  zur Zeitmaschine macht.
                  Parodiert Dr. Emmett Brown aus „Zurück in die Zukunft"
                  (kommt hinter einer Stellwand hervor und geht auf Wagen zu) [4]

Steel: (zeigt auf Crown, schreit aufgrund des Lärmpegels)
                  „Sehen Sie. Doc Crown ist zurück aus der Zukunft. Mit seinem technischen
                  Verstand bekommt er das bestimmt in den Griff, Emma. Hat immerhin
                  bereits mit dem Flugsimulator ... äh ... Fluxsimulator ... äh ... Fluxkompen-
                  sator geklappt." [5]

Crown: (macht sich erfolglos am Wagen zu schaffen) [6]

Feel: (schreit aufgrund des Lärmpegels)
                  „Sieht aber nicht so aus."
                  (blickt zur Seite) [7]

Crown: (bleibt neben dem Wagen stehen) [8]

Robin: *Robin*
                  Dunkle, kurze Haare. Kindliche Gesichtszüge. Rot-grünes Kostüm. Helfer
                  von Batfan.
                  Parodiert Robin aus „Batman"
                  (eilt achtlos an Feel und Steel vorbei, sprengt Schaufensterscheibe, springt
                  über Scherbenreste und geht auf Wagen zu) [9]

Feel: (zeigt auf Robin, schreit aufgrund des Lärmpegels)
                  „Ah, da kommt Robin. Ein Superheld bekommt das bestimmt gelöst,
                  Harry. Die sind doch meist Mutanten mit Wahnsinnskräften." [10]

Robin: (macht sich erfolglos am Wagen zu schaffen) [11]

94

Steel:	(schreit aufgrund des Lärmpegels) „Sieht aber auch nicht so aus.“ (blickt zur Seite) [12]
Robin:	(springt über Scherbenreste wieder auf die Straße und geht ab) [13]
Helga:	*Garth Helga* *Blonde, lange Haare, schwarze Hornbrille. Aufgeknöpftes Karohemd,* *darunter ein „Guns N' Roses“-T-Shirt. Blue Jeans mit großen Rissen an den* *Knien. Hört Heavy Metal und bewegt sich ekstatisch dazu.* *Parodiert Garth Algar aus „Wayne's World“* (eilt achtlos an Feel und Steel vorbei, springt über Scherbenreste und geht auf Wagen zu) [14]
Steel:	(zeigt auf Helga, schreit aufgrund des Lärmpegels) „Helga? Steht der Metalhead etwa auch auf DIESEN Krach?“ [15]
Helga:	(macht sich am Wagen zu schaffen) [16]
Bearbeitung:	*Geräuschende.* [17]
Steel:	„Helga beherrscht die Technik. Da brat' mir doch einer 'nen Storch.“ (entsetzt) „Der hat uns offensichtlich nur etwas vorgespielt.“ [18]
Feel:	„Ich könnte es nicht treffender ausdrücken, Harry.“ [19]
Steel:	„Wir sollten ihn wohl wieder auf die Liste der Verdächtigen setzen.“ [20]
Feel:	„Unbedingt. – Und zwar nach ganz oben; vor Borg und Daweg.“ [21]
Feel/ Steel:	(springen über Scherbenreste und eilen zu Helga) [22]
Steel:	(zu Helga, laut) „Helga!“ [23]
Helga:	(zu Steel, spöttisch) „Excellent, der große Detektiv Remington Steel.“ (zu Feel) „Und wer ist diese Zuckerschnecke? Schwing!“ [24]
Feel:	(zu Helga) „Die Zuckerschnecke wird Ihnen gleich den Abend versüßen!“ [25]
Helga:	(zu Feel) „Warum so aggressiv?“ (grübelt, blickt zum Wagen) „Ah, Mist, damit habe ich mich verraten.“ (diabolisch) „Aber, was soll's? Party on. Ich habe Batfan, dem dunklen Ritter, die Flügel gestutzt und werde mit Euch gleich weitermachen.“ [26]
Feel:	„Warum musste Blues Wayne sterben?“ [27]

Helga:	„Warum?" (schaut auf die Uhr) „Ach, so viel Zeit ist noch da. Da könnt Ihr vor Eurem Tod noch etwas lernen. – Wayne und ich haben dies alles gemeinsam aufgebaut." (breitet seine Arme aus) „Dann fing er irgendwann mit dem Batfan-Kinderkram an. Das hat mich genervt."[28]
Steel:	(zu Helga) „Und daher haben Sie ihn umgebracht?"[29]
Helga:	(zu Steel) „Nein, nicht deswegen. Er wollte ‚Wayne-World' in ‚Gotham City' umwandeln."[30]
Feel:	(zu Helga) „Und daher haben Sie ihn umgebracht?"[31]
Helga:	(zu Feel) „Nein, deswegen auch nicht, Bitch. Ich habe ihn umgebracht, weil jeden Tag rund um die Uhr R. Kellys ‚Gotham City' laufen sollte."[32]
Bearbeitung:	*Musikstart R. Kelly – Gotham City (1997).*[33]
Steel:	(zu Feel) „R. Kellys Heulnummer. Verständliches Motiv. Da gehen mir auch die Fußnägel hoch."[34]
Feel:	(zu Steel) „Das rechtfertigt aber keinen Mord." (geht für Karate in Angriffsstellung)[35]
Bearbeitung:	*Musikende.*[36]
Helga:	(zu Feel, verächtlich) „Was für eine amüsante Stellung. – Dann will ich Dir mal meine Waffen zeigen!" (geht zu Crown) „Und Meilen gehen – bevor ich schlafen kann."[37]
Steel:	(zu Feel) „Oh, oh! ‚Telefon' mit Charles Bronson, Lee Remick und Donald Pleasence, Metro-Goldwyn-Mayer, 1977. Pleasence spielt einen sowjetischen Nachrichtenoffizier, der Schläfer in den USA mit diesem Code weckt."[38]
Crown:	(nimmt aufrechte Haltung ein, mechanisch) „Des Waldes Dunkel zieht mich an – doch muss zu meinem Wort ich steh'n – und Meilen gehen – bevor ich schlafen kann – und Meilen gehen – bevor ich schlafen kann." (nimmt Schraubschlüssel in die Hand und geht mechanisch auf Feel und Steel zu)[39]

Steel:	(zu Feel) „Wir brauchen Waffen!"[40]
Feel:	(zu Steel) „Dann sollten wir nach ‚West-Wayne-World' wechseln, Harry. Sweet und Mrs. Bolt haben uns doch die Abkürzung durchgegeben."[41]
Steel:	(zu Feel) „Dann schnell."[42]
Feel/ Steel:	(laufen los)[43]
Crown:	(verfolgt Feel und Steel)[44]
Helga:	(lacht dreckig) „Excellent. Ihr könnt mir nicht entkommen. Niemand kann mir entkommen."[45]

Szene 28

Set:	Innen – West-Wayne-World, Im Saloon
Personen:	Maybesick, Helga, Barkeeper, Spieler 1, Spieler 2
Dauer:	0:30 Min.

Maybesick/ Spieler 1/ Spieler 2:	(schlagen sich wie die ‚Three Stooges') [1]
Bearbeitung:	*Geräusch Telefonklingeln.* [2]
Barkeeper:	(geht zum Telefon und nimmt ab) [3]
Helga:	(aus dem Off, verzerrt durch das Telefon) „Mach mal die Lautsprecher vom Telefon an!" [4]
Barkeeper:	(drückt Taste auf dem Telefon) [5]
Helga:	(aus dem Off, verzerrt durch das Telefon) „Und Meilen gehen – bevor ich schlafen kann." [6]
Barkeeper:	(nimmt aufrechte Haltung ein) [7]
Maybesick/ Spieler 1/ Spieler 2:	(hören abrupt mit der Schlägerei auf und nehmen aufrechte Haltung ein) [8]
Maybesick/ Barkeeper/ Spieler 1/ Spieler 2:	(mechanisch) „Des Waldes Dunkel zieht mich an – doch muss zu meinem Wort ich steh'n – und Meilen gehen – bevor ich schlafen kann – und Meilen gehen – bevor ich schlafen kann." (nehmen jeweils eine Waffe aus dem Halfter und verlassen den Saloon) [9]

Set:	**Außen – West-Wayne-World, Beim Transportsystem**
Personen:	**Feel, Steel**
Dauer:	**0:30 Min.**

Set:	*Steil aufragender, karger Berg, dem man seine Künstlichkeit ansieht. Am Fuß des Berges endet eine Röhre, die einen Durchmesser von ungefähr 3 Metern hat. Die Röhre umschließt eng ein zylinderförmiges Vehikel, dessen Tür noch halb offen steht und einen Blick ins Innere ermöglicht. Einem U-Bahn-Wagen ähnlich gibt es auf beiden Seiten einfache Sitzschalen und Haltestangen. Am Ende des Wagens ist ein Pendant zur Tür zu sehen. Platz für 2 Personen.* [1]
Feel:	(derangiert, schnauft, beugt sich herunter und hält sich mit ihren Händen an ihren Beinen fest) „Das Transportsystem ist echt heftig. Da denkt man, dass man bei Ankunft tot sein könnte." [2]
Steel:	(derangiert, schnauft, beugt sich herunter und hält sich mit seinen Händen an seinen Beinen fest) „'D.O.A. – Bei Ankunft Mord', Touchstone Pictures, 1988. Dennis Quaid spielt einen Schriftsteller, der vergiftet wurde und nur noch bis zu 48 Stunden zu leben hat. Mithilfe von Meg Ryan als Studentin sucht er seinen Mörder." [3]
Feel:	(richtet sich wieder auf) „Ich will man hoffen, dass wir noch länger leben, Harry." [4]
Steel:	„Bestimmt, Emma. Wir bewaffnen uns und gehen gemeinsam mit den Anderen gegen Helga vor." [5]

Szene 30

Set: Innen – Wayne Manor, Steuerungsraum

Personen: Mutter, Craps

Dauer: 1:30 Min.

Mutter: (blickt auf Bildschirm)
„Helga aktiviert immer mehr Androiden mit dem Gedicht von Robert Frost. Können wir denn aus der Zentrale nicht dagegen vorgehen, Mildred?"[1]

Craps: „Meine vorherigen Spielereien wie die ‚Three Stooges' reichen jedenfalls nicht. Mit dem Gedicht werden die Codes einfach überschrieben."[2]

Mutter: „Aber den Androiden würde sicherlich ohne die zentrale Steuerung jegliche Orientierung fehlen, oder?"[3]

Craps: „Davon ist auszugehen, Mutter. Aber wenn wir die Zentrale zerstören wollen, könnte ich annehmen, dass HAL doch noch sauer wird."[4]

Mutter: „Können wir die Steuerung nicht ohne Zerstörung lahmlegen? HAL mit irgendetwas anderem beschäftigen?"[5]

Craps: (grübelt)
„Hm, tja."
(lächelt)
„Aber ja, Mutter, Sie haben die Lösung gefunden!"[6]

Mutter: (verunsichert)
„Habe ich das?"[7]

Craps: „Wir werden HAL mit Anforderungen zu Steuererklärungen überfluten, die eine sofortige Bearbeitung benötigen. Ansonsten kommt die Steuerfahndung ins Haus."[8]

Mutter: „Auf welcher Basis sollen denn die Anforderungen gestellt werden?"[9]

Craps: „Ein neues Gesetz, das den Arbeitnehmerkreis für die soziale Gerechtigkeit ausweitet. Steuern und Sozialabgaben sind auch auf fiktive Mindestlöhne für Androiden zu entrichten. Eine Nachberechnung mit Säumniszuschlägen ist für die letzten drei, nein machen wir besser zehn Jahre, zu berechnen. – Da sage noch jemand, dass Bürokratie nicht auch Vorteile hat."[10]

Mutter: (irritiert)
„Säumniszuschlag? Nachberechnung? Kann so etwas überhaupt rechtens sein?"[11]

Craps:	„Na klar! Wir deklarieren dies als Versäumnis des britischen Gesetzgebers eine EU-Vorgabe umzusetzen. Statt sich nur noch mit dem BREXIT zu beschäftigen, hätten die Politiker einfach nur ihre Hausaufgaben machen müssen." [12]
Mutter:	(grübelt) „Hm, das könnte funktionieren. – Aber stopp: Wird HAL nicht die Grundlage überprüfen?" [13]
Craps:	„Mutter, alle wollen Steuern sparen und ergreifen legale oder auch illegale Mittel. Aber niemand, wirklich niemand, überprüft die Grundlagen." [14]
Mutter:	(erregt) „Ans Werk, Mildred, ans Werk!" [15]

Szene 31

Set:	Außen – West-Wayne-World, Auf der Straße
Personen:	Sweet, Feel, Steel, Bolt, Zimbalist Jr., Maybesick, Helga, Barkeeper, Crown, Spieler 1, Spieler 2
Dauer:	1:30 Min.

Feel/ Steel:	(treffen bei Sweet, Bolt und Zimbalist Jr. ein) [1]
Zimbalist Jr.:	(zu Steel) „Harry!" [2]
Bolt:	(zu Zimbalist Jr.) „Herri? Dad, bist Du durstig?" [3]
Steel:	(macht Zimbalist Jr. ein Zeichen, dass er ihn nicht kennen soll) [4]
Zimbalist Jr.:	(macht Steel ein Zeichen, dass auch er schweigen soll) [5]
Bolt:	(stürmt auf Steel zu und umarmt ihn) [6]
Steel:	(erwidert Umarmung) [7]
Bolt:	(zu Steel) „Geht es Ihnen gut, Mr. Steel? Ich habe mir ganz schön Sorgen gemacht." [8]
Steel:	(zu Bolt) „Unkraut vergeht nicht. – Ich habe Sie übrigens auch vermisst, Mrs. Bolt." [9]
Bolt:	(zu Steel, löst sich aus der Umarmung, mit gerötetem Gesicht) „Wer redet hier von vermissen? Ich möchte nur sicherstellen, dass mir mein Chef auch künftig Gehaltsschecks ausstellen kann." [10]
Steel:	(zu Bolt, löst sich aus der Umarmung) „Das war jetzt in etwa so glaubwürdig wie Madonna in fast jedem ihrer Filme." [11]
Feel:	(geht zu Zimbalist Jr. und reicht ihre Hand) „Ah, Sie sind der Vater von Mrs. Bolt?" [12]
Zimbalist Jr.:	(schüttelt Feels Hand) „Efrem Zimbalist Jr." [13]
Sweet:	(zu Feel) „Ihr Vater aus der realen Welt." [14]
Feel:	(zu Zimbalist jr.) „Sehr erfreut, Mr. Zimbalist Jr. Ich bin Emma Feel." [15]

102

Zimbalist Jr.:	„Ebenfalls erfreut, Mrs. Feel." [16]
Kamera:	*Schwenk auf Straße.* [17]
Bearbeitung:	*Musikstart Ennio Morricone – Spiel mir das Lied vom Tod (1968).* [18]
Maybesick/ Barkeeper/ Spieler 1/ Spieler 2:	(laufen Straße nebeneinander auf die Gruppe zu) [19]
Bearbeitung:	*Musikende.* [20]
Kamera:	*Schwenk zurück zu Protagonisten.* [21]
Bolt:	(sieht auf die Straße) „Ich will wirklich nicht drängeln, Leute! Aber Helgas Armee rollt an. Und wenn allein Maybesick nur halb so gut schießt wie er spielt, haben wir ein echtes Problem." [22]
Feel:	(sieht auf die Straße) „Merde! Wir dachten, dass WIR uns hier bewaffnen können, nicht dass Helga auch hier die Androiden konditioniert hat." [23]
Steel:	(zu Sweet, Bolt und Zimbalist Jr.) „Hat denn noch jemand Waffen für uns?" [24]
Sweet:	(zu Feel) „Wir nicht, aber unser gefesselter Gast." (geht ab) [25]
Kamera:	*Schwenk auf Straße.* [26]
Bearbeitung:	*Musikstart Ennio Morricone – Spiel mir das Lied vom Tod (1968).* [27]
Maybesick/ Barkeeper/ Spieler 1/ Spieler 2:	(laufen Straße nebeneinander auf die Gruppe zu) [28]
Helga/ Crown:	(schließen von einer Seitenstraße auf) [29]
Crown:	(reiht sich in die Kette ein) [30]
Helga:	(läuft hinter der Gruppe weiter) [31]
Bearbeitung:	*Musikende.* [32]
Kamera:	*Schwenk zurück zu Protagonisten.* [33]
Sweet:	(tritt wieder auf und reicht Feel den Knauf einer Waffe) „Für Sie, Mrs. Feel." [34]
Feel:	(nimmt die Waffe entgegen, nickt Sweet zu und steckt die Waffe weg) [35]
Sweet:	(reicht Steel den Knauf einer weiteren Waffe) „Hier habe ich die Suzie von Sledge Manner." [36]

Steel:	(nimmt die Waffe entgegen)
	„Danke, Mr. Sweet. Ich hatte bereits das Vergnügen in den Lauf dieser Waffe zu schauen."
	(dreht sich um)
	„Wie würde Pierce Brosnan als James Pond wohl die Waffe halten?" [37]
Bearbeitung:	*Musikstart Monty Norman – James Bond Theme (1962).* [38]
Steel:	(macht diverse seltsame Posen) [39]
Bearbeitung:	*Musikende.* [40]

Szene 32

Set:	**Innen – Wayne Manor, Steuerungsraum**
Personen:	**Mutter, Craps, HAL 9000**
Dauer:	**0:15 Min.**

Craps: „So die Ausarbeitung steht."
(laut zu HAL 9000)
„HAL, bitte bearbeite die Steueraufforderung mit höchster Priorität."[1]

HAL 9000: (Roboterstimme)
„Sehr gern."[2]

Mutter: (strahlt)
„‚Operation Steuergerechtigkeit' startet."[3]

Craps: (irritiert)
„‚Operation Steuergerechtigkeit'?"[4]

Mutter: (dozierend)
„Jede erfolgreiche Operation braucht einen starken Titel."[5]

Szene 33

Set:	Außen – West-Wayne-World, Auf der Straße
Personen:	Sweet, Feel, Steel, Bolt, Zimbalist Jr., Maybesick, Helga, Barkeeper, Crown, Spieler 1, Spieler 2
Dauer:	1:30 Min.

Feel:	(hält sich ihr Smartphone ans Ohr) „Okay, Mutter. ‚Operation Steuergerechtigkeit' startet."[1]
Steel:	(zu Feel) „Operation Steuergerechtigkeit?"[2]
Sweet:	(zu Steel) „Jede erfolgreiche Operation braucht einen starken Titel, würde Mutter jetzt sagen."[3]
Feel:	„Hat Mutter gesagt!"[4]
Bolt:	(schaut zur Straße) „Noch kann ich keine Veränderung feststellen."[5]
Kamera:	*Schwenk auf Straße.*[6]
Bearbeitung:	*Musikstart Ennio Morricone – Spiel mir das Lied vom Tod (1968).*[7]
Maybesick/ Crown/ Barkeeper/ Spieler 1/ Spieler 2:	(laufen Straße nebeneinander auf die Gruppe zu)[8]
Helga:	(läuft hinter der Gruppe weiter)[9]
Maybesick/ Crown/ Barkeeper/ Spieler 1/ Spieler 2:	(bleiben abrupt stehen)[10]
Bearbeitung:	*Musikende abrupt.*[11]
Helga:	(läuft auf die Gruppe auf, aufgeregt) „Verdammt! Was soll das?"[12]
Bolt:	(aus dem Off) „Es tut sich etwas!"[13]
Maybesick/ Crown/ Barkeeper/ Spieler	(drehen sich zu Helga um)[14]

1/ Spieler 2:

Helga:	(aufgeregt) „He, Party on, es sind noch Meilen zu gehen!" [15]
Maybesick/ Crown/ Bar- keeper/ Spieler 1/ Spieler 2:	(kesseln Helga ein) [16]
Sweet:	(aus dem Off) „Sollten die Androiden nicht nur ausgeschaltet werden?" [17]
Feel:	(aus dem Off) „Tja, irgendwie scheint die Operation anders zu laufen als erwartet." [18]
Maybesick/ Crown/ Bar- keeper/ Spieler 1/ Spieler 2:	(skandieren mechanisch) „Mindestlohn auch für Androiden!" [19]
Helga:	(geschockt) „You're not worthy! Ihr habt mir zu gehorchen!" [20]
Steel:	(aus dem Off) „Ich würde sagen die Operation läuft noch besser als erwartet. Wir brauchen unsere Waffen erst gar nicht einzusetzen." [21]
Maybesick/ Crown/ Bar- keeper/ Spieler 1/ Spieler 2:	(erheben ihre Waffen gegen Helga, skandieren mechanisch) „Mindestlohn auch für Androiden!" [22]
Bolt:	(aus dem Off, aufgeregt) „Doch, Mr. Steel! Wir müssen Helga vor seiner eigenen Armee retten!" [23]
Kamera:	*Schwenk zurück zu Protagonisten.* [24]
Bolt:	(schießt mit ihrer Waffe auf die Androiden) [25]
Steel:	(schießt mit seiner Waffe auf die Androiden) [26]
Feel:	(schießt mit ihrer Waffe auf die Androiden) [27]
Kamera:	*Schwenk auf Straße.* [28]
Maybesick/ Crown/ Bar- keeper/ Spieler 1/ Spieler 2:	(zeigen sich von Kugelhagel unbeeindruckt und skandieren weiter mechanisch) „Mindestlohn auch für Androiden!" [29]
Sweet:	(aus dem Off) „Ihre Waffen können offensichtlich nichts ausrichten. Gut, dass ich meine scharfe Melone eingepackt habe." [30]

Kamera:	*Schwenk zurück zu Protagonisten.* [31]
Sweet:	(holt Hut aus Innentasche, beult ihn aus und wirft ihn wie eine Frisbee-scheibe in Richtung der Gruppe) [32]
Kamera:	*Schwenk auf Straße.* [33]
Regie:	*Der Hut schneidet nacheinander die Hälse von Spieler 1, Spieler 2, Bar-keeper, Crown und Maybesick, denen anschließend die Köpfe herunter-fallen und kokelnde/ glühende Hälse zeigen.* [34]
Feel:	(aus dem Off, begeistert) „Perfekter Wurf, Sweet!" [35]
Helga:	(läuft zu Saloon, springt durch das Fenster mit der eingeschlagenen Schei-be und verschwindet im Nichts) [36]
Bolt:	(aus dem Off, irritiert) „Was hat das zu bedeuten?" [37]

<u>**Szene 34**</u>

Set: Innen – Wayne Manor, Steuerungsraum

Personen: Mutter, Craps, HAL 9000

Dauer: 1:45 Min.

Mutter:	(laut zu HAL 9000) „HAL, lokalisiere Garth Helga!"[1]
HAL 9000:	(Roboterstimme) „Negativ. Garth Helga befindet sich nicht in ‚Wayne-World'."[2]
Craps:	(blickt irritiert zu Mutter, laut zu HAL 9000) „HAL, kannst Du den Suchradius vergrößern?"[3]
HAL 9000:	(Roboterstimme) „Positiv. Bitte geben Sie die gewünschten Parameter an."[4]
Mutter:	(zu Craps) „Nehmen wir einen Radius von zehn Meilen um das Gelände?"[5]
Craps:	(zu Mutter) „Ich glaube, dass HAL noch viel leistungsfähiger ist." (laut zu HAL 9000) „HAL, vergrößere den Suchradius auf die ganze Erde."[6]
HAL 9000:	(Roboterstimme) „Führe Suche durch. Aufgrund des Umfangs wird die Suche einen kleinen Augenblick dauern."[7]
Kamera:	*Zoom-in Detail Gesichter von Mutter und Craps.*[8]
Mutter/ Craps:	(zwinkern gleichzeitig mit den Augen)[9]
Kamera:	*Zoom-out zur Halbnahen.*[10]
HAL 9000:	(Roboterstimme) „Suche beendet. Kann Garth Helga nicht auf der Erde lokalisieren."[11]
Mutter:	(irritiert) „Können … wollen wir das jetzt als Erfolg werten, Mildred?"[12]
Craps:	„Ich denke schon, Mutter."[13]
Mutter:	„Dann ist die Zeit gekommen, dass ich Ihnen meinen richtigen Name verrate."[14]
Bearbeitung:	*Textinsert „Achtung: Sensation! Wir lüften den echten Namen von Mutter!"*[15]

Mutter:	„Ich bin George Smiley.“ [16]
Bearbeitung:	*Grafik-/ Textinsert eines Kastens unten links, in dem „George Smiley“ steht.* *Geräusch akustisches Signal für einen fehlerhafte Auswahl in einem Quiz.* *Grafikinsert Riesenstempel kommt auf linken Kasten und setzt ein rotes „X“ auf den Namen.* [17]
Mutter:	„Nein, das ist nur eine Fantasiefigur von John le Carré. – Tatsächlich bin ich Harry Palmer.“ [18]
Bearbeitung:	*Grafik-/ Textinsert eines Kastens unten rechts, in dem „Harry Palmer“ steht.* *Geräusch akustisches Signal für einen fehlerhafte Auswahl in einem Quiz.* *Grafikinsert Riesenstempel kommt auf rechten Kasten und setzt ein rotes „X“ auf den Namen.* [19]
Mutter:	„Nein, natürlich auch nicht. Der kann nur von Michael Caine gespielt werden. – Ich bin Hugh Grand … mother.“ [20]
Bearbeitung:	*Grafik-/ Textinsert eines Kastens unten Mitte, in dem „Hugh Grandmother“ steht.* *Geräusch akustisches Signal für eine zutreffende Auswahl in einem Quiz.* *Grafikinsert Riesenstempel kommt auf mittleren Kasten und setzt einen grünen Kreis um den Namen.* [21]
Mutter:	„Mildred, vier Hochzeiten und einen Todesfall später, habe ich endlich die Frau meines Lebens gefunden.“ [22]
Craps:	(errötet) „Oh, Mutter … ich meine Hugh! Ich weiß gar nicht, was ich sagen soll.“ [23]
Mutter:	„Mildred, sag einfach ‚Ja‘ und lass uns verschwinden. Den Rest des Films bekommen die auch ohne uns hin.“ [24]
Craps:	(zart) „Ja.“ [25]
Mutter:	(zieht Craps auf seinen Rollstuhl und rollt los) „Ich kann noch immer meinen Mann stehen.“ [26]
Craps:	(errötet) „Das merke ich auch gerade.“ [27]
Bearbeitung:	*Musikstart The Art of Noise – Moments in Love (1985).* [28]
Mutter/ Craps:	(rollen aus dem Raum) [29]
Craps:	(aus dem Off) „Wow, so schnell werde ich über die Schwelle getragen.“ [30]
Bearbeitung:	*Musikende.* [31]

Bearbeitung:	Textinsert „Für Mutter und Mildred scheint alles überstanden zu sein. Aber was ist mit den Anderen? Gleich geht es weiter." [32]

WERBUNG

Bearbeitung:	Textinsert „Und jetzt werden nahezu alle verbliebenen Fragen geklärt, denn dies eben war die letzte Werbepause." [33]

Szene 35

Set:	Innen – Wayne Manor, Kinosaal
Personen:	Sweet, Feel, Steel, Bolt, Zimbalist Jr., Anyworth
Dauer:	3:15 Min.

Set:	*Der Kinosaal hat über mehrere Sitzreihen mit bequemen roten Sesseln ungefähr 30 Plätze. Der Boden steigt moderat von vorn nach hinten an. Die Leinwand ist fest angebracht. Links und rechts der Leinwand sind rote Vorhänge angebracht, die bereits geöffnet sind. Der Projektor steht auf einem versenkbaren Tisch zwischen der ersten Reihe. An den Seiten sind wertige Holzregale in die Wände eingearbeitet, in denen zahlreiche Bücher, Comics, DVDs und Blu Rays stehen. Jede Regalreihe wird einzeln bestrahlt. Der Raum selbst ist mit einem warmen Licht künstlich beleuchtet. Platz für 6 Personen.* [1]
Kamera:	*Schwenk von einem der nachfolgenden „Paare" zum nächsten.* [2]
Sweet/ Bolt:	(sitzen auf der vorderen Reihe der Sessel beim Projektor) [3]
Steel/ Zimbalist Jr.:	(sitzen auf der hinteren Reihe der Sessel) [4]
Feel/ Anyworth:	(stehen vor einem Regal) [5]
Kamera:	*Schwenkende.* [6]
Feel:	(blickt durch den Raum) „Ein erstaunlicher Raum." [7]
Anyworth:	(folgt Feels Blick) „Master Blues hat oft Bedarf an Entspannung gehabt, Mrs. Feel." [8]
Feel:	(dreht sich zu Anyworth) „Meditieren wäre deutlich weniger aufwendig gewesen." [9]
Anyworth:	„Ganz recht, aber mit dieser Ruhe konnte er nichts anfangen." [10]
Feel:	(greift in ein Regal, nimmt verschiedene Filme auf Blu Ray oder DVD in die Hand, blickt auf die Titel, staunend) „Mr. Wayne hat es tatsächlich eher mit Action gehabt. Action, bei der er mittendrin war. Sind das wohl alle Batfan-Verfilmungen, die es gibt: Spielfilme, Serien – Real und Zeichentrick?" [11]
Anyworth:	(lächelt) „Der Narzissmus war sicherlich Master Blues' größte Schwäche. Neben wirklich tollen Filmen ist aber auch eine Gurke darunter." [12]

Feel:	(blickt zu Anyworth) „Sie meinen wohl Goldene Himbeere nicht Gurke, Alfred!"[13]
Anyworth:	„Sie haben selbstverständlich recht, Mrs. Feel. ‚Batman & Robin', Warner Bros, 1997. Den Film konnten nicht einmal George Clooney oder Arnold Schwarzenegger retten."[14]
Kamera:	*Schwenk zu Steel/ Zimbalist Jr.*[15]
Zimbalist Jr.:	(hat sich zu Steel gedreht, flüstert) „Und Du nennst Dich aktuell Remington Steel und spielst Detektiv? Was ist aus dem guten Harry geworden?"[16]
Steel:	(hat sich zu Zimbalist Jr. gedreht, flüstert) „Ich habe mich geändert, Daniel. Unsere Gaunereien haben immer viel Spaß gemacht, aber wir werden älter."[17]
Zimbalist Jr.:	(flüstert) „Und was ist so schlimm daran älter zu werden?"[18]
Steel:	(flüstert) „Im Alter macht man Fehler und jemand kommt dabei zu Schaden."[19]
Zimbalist Jr.:	(flüstert) „Du hast wahrscheinlich recht, Harry … äh … Mr. Steel."[20]
Steel:	(flüstert) „Und ich muss Dich warnen: Ich lasse es nicht zu, dass Du mit Laura ein Spiel treibst! Du als ihr VATER?"[21]
Zimbalist Jr.:	(flüstert) „Das ist kein Spiel; das ist die Wirklichkeit!"[22]
Steel:	(flüstert) „Laura bedeutet mir sehr viel. Schwöre, dass Du nur lautere Absichten hast!"[23]
Zimbalist Jr.:	(flüstert) „Ich schwöre."[24]
Kamera:	*Schwenk zu Sweet/ Bolt.*[25]
Sweet:	(zieht den Tesafilm von der Filmdose ‚Zurück in die Zukunft' ab, die auf seinen Oberschenkeln liegt)[26]
Bolt:	(zu Sweet gedreht) „Und Sie sind sich sicher, dass auf dem Tesafilm Daten sind, John?"[27]
Sweet:	(blickt kurz zu Bolt) „Laura, ich habe beide Tesafilme mit einem Grism-Spektograf analysiert und bin mir sicher, dass sie nicht nur Daten, sondern tatsächlich Filme enthalten. Idealerweise die Titel, die auf den Filmdosen stehen. Ich mag beide Filme nämlich sehr gern."[28]

Bolt:	„Und wie – beziehungsweise womit – wollen Sie die Filme abspielen?"[29]
Sweet:	(blickt zu Bolt) „Ich werde den Projektor ..." (zeigt auf den Projektor) „... gleich entsprechend umbauen."[30]
Bolt:	(staunend) „Woher wissen Sie, wie so etwas funktioniert, John?"[31]
Sweet:	(blickt kurz zu Bolt) „Habe ich Ihnen noch nichts von meinem Großvater erzählt?"[32]
Bolt:	(schüttelt leicht den Kopf)[33]
Bearbeitung:	*Musikstart Randy Edelman – MacGuyver (1985).*[34]
Sweet:	„Angus MacGuyver. Er hat mir alles gezeigt, als ich noch ein Kind war." (legt die Filmdose weg, greift sich den Projektor und fummelt an ihm herum)[35]
Bearbeitung:	*Textinsert „Faktencheck: Tesafilm besteht aus Polypropylen, einem gewöhnlichen Kunststoff. Doch daraus kann man einen Datenspeicher machen. Auf einer Tesafilmrolle mit 19 mm Breite und 10 m Länge lassen sich bis zu 10 Gigabyte Daten ablegen. Das Schreiben der Daten erfolgt optisch mit einem gebündelten Halbleiterlaser. Dieser Fakt ist daher wahr, aber der Grism-Spektograf und dieser Projektor sind es nicht."*[36]
Bearbeitung:	*Musikende.*[37]
Bolt:	(flüstert) „Sind Sie immer noch der Ansicht, dass der Drehbuchautor Ihre Kollegin vorzieht?"[38]
Sweet:	(flüstert) „Nein, aktuell habe ich tatsächlich eine tolle Rolle. Apropos Rolle: Ich bin fertig. Wollen Sie die Filme ankündigen?"[39]
Bolt:	(flüstert) „Sehr gern." (steht auf und dreht sich zur Gruppe um, normale Laustärke) „Sehr verehrtes Publikum. Mr. Sweet hat die beiden Filme aus den erhaltenen Filmdosen restauriert. Film ab für eine Doppelvorstellung von ‚Maverick – Den Colt Am Gürtel, ein As im Ärmel' und ‚Zurück in die Zukunft'." (dreht sich zu Anyworth) „Alfred, können Sie bitte das Licht dimmen?" (dreht sich wieder nach vorn und nimmt Platz)[40]
Kamera:	*Schwenk zu Feel/ Anyworth.*[41]
Feel:	(geht zur mittleren Reihe und setzt sich)[42]

Anyworth:	(nickt, geht zu einem Lichtschalter und drückt diesen) [43]
Regie:	*Raum wird abgedunkelt, aber hat noch eine ausreichende Beleuchtung durch den Projektor.* [44]

<u>Szene 36</u>

Set:	**Ohne – Videoclip Maverick**
Personen:	**Feel, Steel, Bolt, Peter, Original-Darsteller aus dem Film Maverick**
Dauer:	**0:15 Min.**

Regie: *Nutzung Filmausschnitt „Maverick – Den Colt Am Gürtel, ein As Im Ärmel" (1994): Die Bankraubszene mit Mel Gibson und Danny Glover, in dem Glover sagt: „Ich bin zu alt für diesen Scheiß!"* [1]

Peter: (steht an der Seite und blickt in die Kamera) [2]

Steel: (aus dem Off)
„Das ist doch ein kompletter Filmriss. Das erinnert mich an Folge 71 unserer Serie." [3]

Bolt: (aus dem Off)
„Stimmt. Da hatte Mr. Steel selbst einen kompletten Filmriss." [4]

Steel: (aus dem Off)
„Heute aber nicht. Dieser Typ da vorn gehört nicht in den Originalfilm." [5]

Feel: (aus dem Off, geschockt)
„Peter ..." [6]

116

Szene 37

Set:	**Ohne – Videoclip Zurück in die Zukunft**
Personen:	**Feel, Steel, Peter, Original-Darsteller aus Film „Zurück in die Zukunft"**
Dauer:	**0:15 Min.**

Regie:	*Nutzung Filmausschnitt „Zurück in die Zukunft" (1985): Die Szene auf dem Parkplatz mit den anrückenden Terroristen.* [1]
Peter:	(steht an der Seite und blickt in die Kamera) [2]
Steel:	(aus dem Off) „Noch ein zerstückelter Film. Und dieser Typ ist schon wieder darin." [3]
Feel:	(aus dem Off, geschockt) „Peter …" [4]

Szene 38

Set:	Innen – Wayne Manor, Kinosaal
Personen:	Sweet, Feel, Steel, Bolt, Zimbalist Jr., Anyworth
Dauer:	0:45 Min.

Regie:	*Beleuchtung wird wieder eingeschaltet. Feel sitzt inmitten von Steel, Zimbalist Jr., Sweet und Bolt.* [1]
Kamera:	*Aufsicht und Zoom-in zur Halbnahen von Feel.* [2]
Steel/ Zimbalist Jr.:	(lehnen sich nach vorn) [3]
Sweet/ Bolt:	(drehen sich auf ihren Plätzen um) [4]
Feel:	(geschockt) „Peter ...“ [5]
Steel:	„Was haben Sie, Emma?“ [6]
Sweet:	„Sie sind ja kreidebleich, meine Liebe!“ [7]
Regie:	*Anyworth steht beim Lichtschalter.* [8]
Kamera:	*Schwenk zu Anyworth.* [9]
Anyworth:	(verwirrt) „Mrs. Feel, Sie haben offensichtlich Peter Fishcop erkannt.“ [10]
Feel:	(geschockt) „Peter ... Fishcop. – Ja?!“ [11]
Sweet:	(dreht sich zu Anyworth) „Alfred, wer ist Peter Fishcop?“ [12]
Anyworth:	(abwehrend, zu Sweet) „War. Er ist tot. Sein Vater, Dr. Walter Fishcop, war Mitarbeiter des Parks und er hatte ihn des Öfteren mitgebracht.“ [13]
Feel:	(geschockt) „Nein ... Er lebt. Peter lebt!“ [14]
Sweet:	(aufgeregt, dreht sich zu Feel) „So habe ich Mrs. Feel noch nie erlebt.“ (dreht sich zu Anyworth) „Alfred, ich schätze wir müssen mit diesem Dr. Fishcop reden, um dieses Mysterium aufzulösen. Wo finden wir ihn?“ [15]

Anyworth:	(abwehrend, zu Sweet)
	„Er ist meines Wissens in der Psychiatrie von St. Clergy."[16]
Bolt:	(dreht sich zu Anyworth)
	„Was ist geschehen?"[17]
Anyworth:	(abwehrend, zu Bolt)
	„Nach dem Tod von seinem Sohn, haben ihm die hier geschaffenen Parallelwelten nicht mehr ausgereicht. Er begann unter Einnahme von LSD an einem trans-dimensionalen Fenster zu arbeiten. Darüber ging wohl sein Verstand zu Grunde."[18]

Szene 39

Set: Außen – Auf dem Weg zum Sanatorium

Personen: Sweet, Feel, Sandwich-Man

Dauer: 1:00 Min.

Set:	Der Innenraum eines Jaguar XJ12. Platz für 3 Personen. [1]
Sweet:	(sitzt am Steuer) [2]
Feel:	(sitzt auf dem Beifahrersitz) [3]
Sweet:	„Mrs. Feel, ich hoffe es ist okay, dass nur wir beide nach St. Clergy fahren." [4]
Feel:	„Selbstverständlich, Sweet. Harry und Mrs. Bolt wollen ohnehin noch Spuren von Garth Helga sammeln." [5]
Sweet:	„Wobei sie sich da keine allzu großen Hoffnungen machen sollten. Wenn selbst dieser Supercomputer, HAL 90 …" [6]
Feel:	(unterbricht) „9000." [7]
Sweet:	„Genau, wenn selbst HAL 9000 keine Spur hat." (blickt kurz zu Feel) „Ich selbst bin erst einmal beruhigt, dass SIE wieder normal ansprechbar sind. Sie haben mir Angst gemacht, meine Liebe. – Hoffentlich werden wir mit Dr. Fishcop die Geistererscheinung klären." [8]
Feel:	„Peter war kein Geist! Ich fühle dies." [9]
Sweet:	(bremst ab) „So, wir sind schon da." (bleibt stehen, blickt Feel an) „Mrs. Feel, ich werde hier draußen warten. So wie SIE Peter fühlen, fühle ICH mich aus einem unerklärlichen Grund in einem Sanatorium sehr unbehaglich." [10]
Bearbeitung:	Musikstart Bernard Herrmann – Vertigo (Aus dem Reich der Toten) (1958). [11]
Kamera:	Schwenk zu Sandwich-Man. Zoom-in zur Großaufnahme Plakat-Vorderseite des Sandwich-Mans. [12]
Regie:	Plakattext: „Aber WIR wissen es: John Sweet abgedreht in ‚Mit Schirm, Darm und Patrone – Der Club der Killer'. Jetzt auf DVD und Blu Ray." [13]

120

Sandwich-Man:	(dreht sich um) [14]
Kamera:	*Zoom-in zur Großaufnahme Plakat-Rückseite des Sandwich-Mans.* [15]
Regie:	*Plakattext: „Und natürlich auch nahe am Wahnsinn: ‚Mit Zwirn, Faden und Melone – Staatsfeind Nr. 1‘. Ebenfalls auf DVD und Blu Ray."* [16]
Bearbeitung:	*Musikende.* [17]

Szene 40

Set:	**Innen – Sanatorium St. Clergy, Gänge**
Personen:	**Feel, Summer, Statisten**
Dauer:	**1:00 Min.**

Set:	*Breiter Gang, der links und rechts von Türen und langgezogenen Fenstern gesäumt ist. Die Wände sind weiß und der Boden aus Linoleum. Platz für zahlreiche Personen.* [1]
Statisten:	(würgen und kotzen als Patienten) [2]
Feel/ Summer:	(eilen an Patienten vorbei) [3]
Summer:	*Dr. Bruce Summer* *Blonde, kurze Haare. Dunkler Anzug und rote Krawatte. Psychiater und Direktor des St. Clergy Sanatoriums.* *Parodiert Dr. Bruce Sumner aus „Fringe – Grenzfälle des FBI"* „Wir sind eine sehr moderne Psychiatrie, Mrs. Feel. Hier testen wir zum Beispiel den Würgstoff Chlortexiphan." [4]
Feel:	„Das ist ja zum Kotzen, Dr. Summer." [5]
Summer:	„Sie sagen es: Die natürliche Folge des Würgens. Damit können wir sehr effektiv gegen Vergiftungen vorgehen. Studien haben bewiesen, dass bei Vergiftungen das LIFO-Prinzip des Erbrechens, also ‚Last in, First out', dem FIFO-Prinzip des Durchfalls, also ‚First in, First out', rundweg vorzuziehen ist." [6]
Feel:	„Aber würde es ein Finger im Hals nicht auch tun?" [7]
Summer:	„Leider nein. Die Verschluckungsgefahr ist zu groß und uns sind leider auch schon die Finger ausgegangen." (hält seine Hände hoch, an denen keine Finger mehr sind) [8]
Feel:	„Das tut mir leid, Dr. Summer." [9]
Summer:	„Das muss es nicht, Mrs. Feel. Wir Ärzte geben gern alles für die Wissenschaft." (wird langsamer) [10]
Feel:	(passt sich der reduzierten Geschwindigkeit an) [11]
Summer:	(bleibt vor einem Zimmer stehen) „So wir sind da. – Würden Sie bitte selbst die Tür öffnen?" (schüttelt seine Hände ohne Finger) [12]
Feel:	(irritiert)

„Oh, ja! Na klar!"
(öffnet die Tür) [13]

Szene 41

Set: Außen – Vor dem Sanatorium

Personen: Sweet, Luther, Arzt

Dauer: 0:30 Min.

Set: *Parkanlage mit viel Rasen und einem künstlichen See. Die zahlreichen Wege sind asphaltiert.*
                Platz für 3 Personen. [1]

Sweet: (läuft auf dem Gelände herum, Melone auf dem Kopf und schwingt seinen Schirm) [2]

Luther: *Martin Luther*
                Braune, gelockte Haare. Dunkle Mütze und dunkler Mantel.
                Parodiert real existierende Person
                (kreuzt Sweets Weg) [3]

Sweet: (zu Luther)
                „Das hier ist ein ganz schön verschlafener Ort, der für nichts steht, nicht wahr?" [4]

Luther: (zu Sweet)
                „Nein, nein, bei uns wurde auch schon etwas erfunden!" [5]

Sweet: (zu Luther)
                „Was soll das denn sein? Bei Ihnen werden doch bestimmt abends die Bürgersteige hochgeklappt." [6]

Luther: (zögerlich, zu Sweet)
                „Oh, Sie haben von unserer Erfindung doch schon gehört?! Den Wegfall des Tageslichts erfasst ein Sensor und lässt dann die Bürgersteige elektrisch hochklappen." [7]

Arzt: *Arzt*
                Weißer Arztkittel.
                (kommt auf Sweet und Luther zugelaufen, zu Luther)
                „Luther, Sie müssen noch Ihre Medizin nehmen!"
                (zu Sweet)
                „Ich hoffe unser Patient hat Sie nicht belästigt." [8]

<u>**Szene 42**</u>

Set:	Innen – Sanatorium St. Clergy, Zelle von Dr. Fishcop
Personen:	Feel, Fishcop (Vollbart)
Dauer:	2:00 Min.

Set:	*Helle Gummizelle mit einem eng vergitterten Fenster. Kleiderschrank, Bett, Tisch und Stuhl sind fest verankert und ohne Kanten. Auf dem Tisch steht ein Essentablett, das noch nicht angerührt wurde. Die Wände sind mit vergrößerten Bildern aus der Serie „Fringe" ausgestaltet.* *Platz für 2 Personen.* [1]
Regie:	*Fishcop sitzt in Unterwäsche am Bettrand und starrt auf seine Socken, die er in den Händen hält.* [2]
Bearbeitung:	*Musikstart J. J. Abrams – Fringe (Main Title Theme) (2008) ca. 0:25 Min. lang.* [3]
Kamera:	*Fahrt langsam durch die geöffnete Zellentür.* *Zoom-in zur Halbtotalen von Fishcop.* [4]
Bearbeitung:	*Musikende.* [5]
Fishcop:	*Dr. Walter Fishcop* *Dunkle, leicht ergraute, kurze, lockige Haare. Karohemd und Strickjacke.* *Genialer Wissenschaftler für Grenzwissenschaften.* *Parodiert Dr. Walter Bishop aus „Fringe – Grenzfälle des FBI"* (irre) „Warum gibt es keine Socken für links und für rechts? Warum passen die links und rechts?" (hustet und spuckt dabei) „Oh! Tornado mit etwas Niederschlag." [6]
Feel:	(schüttelt sich leicht und tritt an Fishcop heran) „Dr. Walter Fishcop? Ich bin Emma Feel." [7]
Fishcop:	(irre, zeigt mit einem Socken in der Hand auf das Essentablett) „Ist heute Donnerstag? Dann gibt es immer den abscheulich schmeckenden Vanille-Pudding." (fixiert Feel) „Haben Sie Heidelbeer-Pancakes?" [8]
Feel:	(beruhigend) „Es ist Freitag. – Ich habe nichts bei mir." [9]
Fishcop:	(irre)

„Freitag? Freitag ist in Ordnung, obwohl: Kann ich mich an diesem Tag frei fühlen?"
(presst seinen Körper, furzt)
„Explosion im Maschinenraum."[10]

Feel: (schüttelt sich leicht, beruhigend)
„Dr. Fishcop, ich muss mit Ihnen reden!"[11]

Fishcop: (irre)
„Reden. Alle wollen reden. Auch mein Kopf muss dauernd reden. Mein Kopf ist so voll."
(setzt zum Niesen an)
„Es schmerzt."
(niest)[12]

Feel: (schüttelt sich leicht)
„Ah. Abrupter Druckabfall im Hangar."[13]

Fishcop: (klar)
„Was? Nein, machen Sie sich nicht lächerlich! Das war nur ein Nieser. Emmi, was wollen Sie von mir?"[14]

Feel: „Emma, nicht Emmi. – Es geht um Ihren Sohn Peter."[15]

Fishcop: (klar, brüsk)
„Peter ist tot!"[16]

Feel: „Ich meine ihn zu kennen, aber ich weiß nicht wann und wo."[17]

Fishcop: (klar, brüsk)
„Wenn, muss es lange her sein. Ich habe ihn vor vielen Jahren verloren. Er ist auf dem Eis des Reardon Lake eingebrochen."[18]

Feel: (vorsichtig)
„Das wird jetzt irre klingen ..."[19]

Fishcop: (klar)
„Sie sind hier in der Klapse, Elli, da ist das ganz normal."[20]

Feel: „Emma, nicht Elli. – Ich glaube, dass Peter lebt und sich bewusst mit mir in Verbindung gesetzt hat."[21]

Fishcop: (klar)
„Sie wollen mir weiß machen, dass mein Sohn am Leben ist und Sie – eine Fremde – mal eben angerufen hat? Wollen Sie mich ins Irrenhaus bringen? – Ach nein, da bin ich ja bereits. Was soll das, Engel?"[22]

Feel: „Emma, nicht Engel. – Peter hat nicht angerufen. Er hat sich auf zwei Filme gebracht: ,Maverick' und ,Zurück in die Zukunft'."[23]

Fishcop: (klar)
„Die Titel sind irrelevant. Haben Sie noch andere Angaben?"[24]

Feel: „Die Filme wurden von einem Pseudonym produziert." [25]

Feel/ Fishcop: (gleichzeitig)
                „‚The Man In The High Castle'." [26]

Szene 43

Set:	Außen – Vor dem Sanatorium
Personen:	Sweet, Joda, Alzheimer
Dauer:	0:30 Min.

Sweet: (läuft auf dem Gelände herum, Melone auf dem Kopf und schwingt seinen Schirm)[1]

Joda: *Jonathan „Joda" Demme*
Regisseur von „Das Schweigen der Lämmer" mit der Sprache des Jedi-Meisters Yoda.
Parodiert real existierende Person bzw. Yoda aus „Star Wars"
(kreuzt Sweets Weg)
„Jonathan Demme ich bin. Mich Joda Sie nennen dürfen."[2]

Sweet: (zu Joda)
„Ach, Sie gehören wohl zu Luther."[3]

Joda: (aufgeregt)
„Mich nicht beleidigen Sie! Religionsfreiheit wir haben und ein Yeti ich bin."[4]

Alzheimer: *Alois Alzheimer*
Helle, sehr kurze Haare (fast Glatze). Beiger Kittel.
Parodiert real existierende Person
(kreuzt den Weg)[5]

Sweet: (zu Alzheimer)
„Hallo, Doktor!"
(bewegt sich so, dass ihn Joda nicht sehen kann, flüstert)
„Wollen Sie Ihren Patienten einsammeln?"
(macht mit Öffnen und Schließen von Daumen, Zeige- und Mittelfinger der linken Hand vor seiner Stirn ein entsprechendes Zeichen)[6]

Alzheimer: „Oh, vielen Dank, Sir! Ich, Dr. Siegmund Freud, werde mich gleich der Angelegenheit annehmen."[7]

Joda: „Alois Alzheimer, wie oft Ihnen schon gesagt ich habe, dass Dr. Freud Sie nicht sind?"[8]

Alzheimer: „Ich kann mich nicht erinnern."[9]

Joda: „Mich bitte Sie entschuldigen. Kümmern um meine Patienten mich ich muss."[10]

Szene 44

Set: Innen – Sanatorium St. Clergy, Zelle von Dr. Fishcop

Personen: Feel, Fishcop (Vollbart)

Dauer: 2:00 Min.

Feel: „Woher wissen Sie vom ‚Man In The High Castle', Dr. Fishcop? Ist Blues Wayne mit Waynes Manor gemeint?" [1]

Fishcop: „Blues Wayne alias Batfan …" [2]

Feel: (grummelt)
„Toll, alle wissen, dass Batfan existiert hat, nur Sweet und ich nicht." [3]

Fishcop: (in Gedanken)
„Superkräfte sind sinnvoll. Ja, ohne Superkräfte ganz unmöglich." [4]

Feel: „Von was sprechen Sie, Dr. Fishcop?" [5]

Fishcop: „‚The Man In The High Castle' ist nicht Blues Wayne, sondern ich bin das."
(schüttelt sich)
„Ja, ‚The Man In The High Castle' bin ich." [6]

Feel: „Sind Sie sich wirklich sicher?" [7]

Fishcop: „Ja, ich liebe die Geschichten von Philip K. Dick, bei denen oft eine Loslösung des Realen von der individuellen Wirklichkeit passiert: zum Beispiel ‚Blade Runner', ‚Paycheck', ‚Minority Report' oder ‚Total Recall'. Als ich noch für Blues gearbeitet habe, habe ich meine Forschungsergebnisse immer mit ‚The Man In The High Castle' versehen." [8]

Feel: „Warum haben Sie mit einem Pseudonym gearbeitet? War die Forschung geheim, Dr. Fishcop?" [9]

Fishcop: (schaut verstohlen zu allen Seiten)
„Natürlich, Ella. Jede bahnbrechende Forschung ist geheim, sonst trickst man Sie aus und wer anders kassiert die Heidelbeer-Pancakes." [10]

Feel: „Emma, nicht Ella. - Hat Blues Wayne Ihre … Pancakes?" [11]

Fishcop: (schüttelt seinen Kopf) [12]

Feel: „Oder Garth Helga?" [13]

Fishcop: (erregt)
„Dieser Mensch-Stachelschwein-Hybride?" [14]

Feel: (lächelt)
„Interessanter Kraftausdruck. Das werte ich mal als Bestätigung und es passt

zu den aktuellen Ereignissen." [15]

Fishcop: (erregt)
„Ist Helga für Sie spurlos verschwunden?" [16]

Feel: (irritiert)
„Woher wissen Sie das, Dr. Fishcop?" [17]

Fishcop: (aufgeregt)
„Dafür haben wir gerade keine Zeit, Estragon! Holen Sie mich sofort hier raus! Wir müssen mein Gehirn zurückholen und Sie dann auf eine große Reise schicken."
(steht auf und will schon zur Tür gehen)
„Ich glaube, ich brauche noch eine Zahnbürste und Zahnpasta." [18]

Feel: (stellt sich ihm in den Weg)
„Emma, nicht Estragon. – Sie sollten sich erst einmal etwas anziehen. – Und wie soll ich Sie aus einer geschlossenen Anstalt bekommen?" [19]

Fishcop: (zieht sich hastig an)
„Sie müssen sich nur als mein Vormund ausgeben, dann lässt mich Dr. Summer gegen ein Autogramm von Ihnen gehen." [20]

Feel: (wedelt mit den Händen)
„Negativ. Dr. Summer hat mich hierher begleitet. Er weiß, dass ich in keiner verwandtschaftlichen Beziehung zu Ihnen stehe." [21]

Fishcop: (zieht sich weiter hastig an)
„Es ist dringend! Kommt vielleicht noch jemand Anderes in Frage?" [22]

Bearbeitung: *Harter Schnitt.* [23]

Set:	**Außen – Auf dem Rückweg**
Personen:	**Sweet, Feel, Fishcop (Vollbart)**
Dauer:	**1:15 Min.**

Sweet: (sitzt auf Fahrersitz) [1]

Feel: (sitzt auf Beifahrersitz) [2]

Fishcop: (sitzt auf Rückbank)
„Ich muss mal!" [3]

Sweet: (dreht sich halb nach hinten zu Fishcop)
„Ich kann gleich bei einer Tankstelle anhalten." [4]

Fishcop: (selig)
„Oh, nicht mehr nötig, John!" [5]

Sweet: (schaut in den Rückspiegel, zu Feel)
„Ich fasse immer noch nicht, dass ich mich auf eine Vormundschaft eingelassen habe. Jetzt hat er sich auf meiner Ledergarnitur erleichtert." [6]

Feel: (zu Sweet)
„Es ist wichtig – für MICH, Sweet!" [7]

Fishcop: (greift zu einem Akku-Langhaarschneider und beginnt sich zu rasieren) [8]

Sweet: (schaut in dem Rückspiegel zu Fishcop)
„Und nun fallen auch noch die ganzen Haare auf den Sitz."
(schaut in dem Rückspiegel zu sich selbst, murmelt)
„Fühlen Sie sich ganz wie zu Hause." [9]

Feel: (dreht sich halb nach hinten zu Fishcop)
„Dr. Fishcop, was können Sie uns noch zu Ihrer Forschung berichten, bevor
wir bei ‚Wayne-World' ankommen? Hat es etwas mit einem trans-dimensio-
nalen Fenster zu tun, das Alfred erwähnt hatte?" [10]

Fishcop: (während der Rasur)
„Ah, der gute Alfred. Hat immer auf Blues aufgepasst. Konnte aber den Teufel nicht kommen sehen." [11]

Feel: (zu Sweet, zeigt mit einer Hand nach hinten)
„Der Teufel ist Garth Helga. Er hat ihn auch schon Mensch-Stachelschwein-
Hybriden genannt." [12]

Sweet: (zu Feel)
„Sie haben ihn also schon über Blues Waynes Ableben informiert?" [13]

Feel:	(zu Sweet)
	„Das brauchte ich nicht. Er hat es – anders als wir – bereits aus den Nachrichten erfahren."
	(dreht sich halb nach hinten zu Fishcop)
	„Dr. Fishcop, fahren Sie bitte fort." [14]
Fishcop:	(während der Rasur)
	„Meine Forschung hat sich tatsächlich mit einem trans-dimensionalen Fenster auseinandergesetzt. Ein Fenster, durch das man von unserer Dimension in ein Paralleluniversum gelangen kann. Ich war es leid, dass ich mich bei der Rohrpost immer übergeben musste." [15]
Sweet:	(dreht sich halb nach hinten zu Fishcop)
	„Und Sie gehen davon aus, dass Helga Ihr Fenster genutzt hat und in einem Paralleluniversum verschwunden ist?" [16]
Fishcop:	(während der Rasur)
	„Nicht nur dieser Scharlatan. – Auch Peter wird dort sein!"
	(schließt Rasur ab) [17]
Feel:	(aufgeregt)
	„Peter!" [18]

Szene 46

Set:	Innen – Wayne Manor, Esszimmer
Personen:	Sweet, Feel, Steel, Fishcop (rasiert), Anyworth, Raveur
Dauer:	2:15 Min.

Anyworth:	(öffnet die Eingangstür) [1]
Sweet/ Feel/ Fishcop:	(treten ein) [2]
Anyworth:	(strahlt) „Dr. Fishcop! Welche Freude Sie wiederzusehen!" [3]
Fishcop:	(tritt energisch ein, zu Anyworth) „Danke, Alfred, aber dafür haben wir noch keine Zeit! – Haben Sie alle Vorbereitungen getroffen, die wir besprochen haben?" [4]
Sweet:	(tritt ein, murmelt) „Mein ganzes Gesprächsguthaben hat er aufgebraucht. Vormundschaft ist teuer." [5]
Feel:	(tritt ein, zu Sweet) „Kopf hoch, Sweet! Es wird bestimmt nicht mehr lange dauern. Der Film neigt sich bereits dem Ende zu." [6]
Steel:	(läuft auf die Gruppe zu, aufgeregt, zu Feel) „Emma, kann ich Sie kurz sprechen?" [7]
Feel:	(nickt, geht zu Steel) [8]
Feel/ Steel:	(gehen zur Seite) [9]
Kamera:	*Fahrt Feel/ Steel hinterher.* [10]
Feel:	„Harry, Sie sind ganz aufgeregt!" [11]
Steel:	(aufgeregt) „Unsere Spurensuche hatte nichts weiter ergeben. Daher haben Laura, Daniel, also Mr. Zimbalist Jr., und ich die Aufräumarbeiten von ‚West-Wayne-World' unterstützt. Als ich dabei die neuesten Entwicklungen vernommen hatte, ..." [12]
Feel:	(unterbricht) „Alfred hat geplaudert." [13]
Steel:	(aufgeregt) „Und von Ihrem geplanten Sprung in das Paralleluniversum berichtet. Ein Pa-

ralleluniversum, das unserem ganz ähnlich sein könnte."
(nestelt an seiner Uhr, löst das Armband und streift sich die Uhr ab)
„Emma, bitte nehmen Sie die Uhr mit und versuchen Sie auf der anderen Seite meinen Vater zu finden."
(reicht Feel die Uhr)
„Vielleicht bin ich dort nie im Waisenhaus gewesen und stattdessen bei meinen Eltern aufgewachsen." [14]

Feel:	(nimmt die Uhr entgegen und umarmt Steel) „Das mache ich, Harry! Versprochen!" (löst die Umarmung) [15]
Kamera:	*Schwenk zu Sweet/ Fishcop/ Anyworth.* [16]
Anyworth:	(hält Fensterrahmen ohne Scheibe hoch, zu Fishcop) „Sir, hier ist der Fensterrahmen, durch den Helga gesprungen ist." [17]
Fishcop:	(fuchtelt mit den Händen) „Gut, gut!" (zu Anyworth) „Wo bleibt Dr. Raveur?" [18]
Anyworth:	„Er müsste jede Minute da sein." [19]
Bearbeitung:	*Geräusch Türklingel.* [20]
Anyworth:	„Wer sagt's denn?" (zu Sweet) „Können Sie bitte den Rahmen übernehmen, Mr. Sweet?" (reicht Sweet den Fensterrahmen und geht zur Eingangstür) [21]
Sweet:	(nimmt den Fensterrahmen mit der linken Hand, murmelt) „Ich habe die Vormundschaft für den irren Doc übernommen. Na klar kann ich da auch noch den Fensterrahmen nehmen. Meine Rolle wird wieder zunehmend BELASTENDER." [22]
Anyworth:	(geht zur Eingangstür) [23]
Kamera:	*Fahrt Anyworth hinterher.* [24]
Anyworth:	(öffnet die Eingangstür) [25]
Raveur:	*Dr. Michael Raveur* *Weiße, etwas längere Haare. Weißer Arztkittel. Genialer Neurochirurg. Parodiert Dr. Michael Hfuhruhurr aus „Der Mann mit zwei Gehirnen"* (kommt zur Tür herein und trägt ein Einmachglas mit einem Gehirn darin, freudig, zu Anyworth) „Hallo, Alfred!" [26]
Anyworth:	„Dr. Raveur, bitte treten Sie ein. Dr. Fishcop erwartet Sie bereits." [27]
Anyworth/ Raveur:	(gehen zu Sweet/ Fishcop) [28]

Feel/ Steel:	(gehen zu Sweet/ Fishcop) [29]
Steel:	(aufgeregt) „Das ist tatsächlich Dr. Raveur, der geniale Gehirnchirurg aus ‚Der Mann mit zwei Gehirnen', Warner Bros, 1983." [30]
Raveur:	(zu Steel) „Nicht ganz. Damals wurde ich noch von Steve Martin gespielt." [31]
Fishcop:	(aufgeregt) „Das sind doch Nebensächlichkeiten!" [32]
Sweet:	(sarkastisch, zu Raveur) „Soll ich Ihnen noch das Glas abnehmen? Eine Hand hätte ich noch frei." [33]
Raveur:	(zu Sweet, reicht ihm das Einmachglas) „Das ist sehr aufmerksam von Ihnen. Aber nicht fallen lassen!" [34]
Sweet:	(nimmt das Einmachglas in die rechte Hand und ächzt) [35]
Fishcop:	(aufgeregt) „Kommen Sie, Dr. Raveur! Lassen Sie uns keine Zeit verlieren! Sie müssen meine Lobotomie rückgängig machen, damit ich mich wieder an alles erinnern kann!" [36]
Sweet:	(hält das Einmachglas vor sein Gesicht) „Dieses Gehirn soll bei Dr. Fishcop rein? Was ist denn dann derzeit bei ihm drin?" [37]
Raveur:	(zeigt auf Gehirn im Einmachglas, zu Sweet) „Doch nicht meine Anne! Sie begleitet mich nur auf jeder Reise." (greift in seinen Arztkittel und holt Marmeladenglas hervor) „HIER ist der entfernte Teil von Dr. Fishcops Gehirn." [38]
Fishcop:	(aufgeregt) „Fangen Sie an, Dr. Raveur!" [39]

Szene 47

Set:	Innen – Wayne Manor, Esszimmer
Personen:	Fishcop, Raveur (nur Hände in Handschuhen zu sehen)
Dauer:	1:00 Min.

Regie: *Alle folgenden Gehirnteile bestehen aus hellen Legosteinen.* [1]

Bearbeitung: *Musikstart Pixies – Where is my Mind? (1988) ca. 0:17 bis 1:02 Min.* [2]

Kamera: *Zoom-in Großaufnahme von Fishcops Kopf.* [3]

Raveur: (schneidet einen Kreis um Fishcops Kopf, öffnet die Schädeldecke, bewegt die Schädeldecke aus dem Fokus der Kamera, führt Teilgehirn von Fishcop in den Fokus der Kamera, setzt es ein, holt Sekundenkleber, streicht damit den Schädelrand ein, holt die Schädeldecke wieder in den Fokus der Kamera, setzt die Schädeldecke wieder auf und drückt diese zum Haften ein paar Sekunden) [4]

Kamera: *Schwenk langsam etwas nach hinten zur Seite des Hinterkopfes.* [5]

Regie: *Ein Schild bei einem Schalter am Schädel kommt zum Vorschein: „Nach Gehirnvervollständigung nur im Notfall betätigen!"* [6]

Bearbeitung: *Musikende.* [7]

Raveur: (aus dem Off)
„Das ist jetzt einer!"
(drückt den Schalter) [8]

Kamera: *Schwenk schnell zum Gesicht von Fishcop.* [9]

Fishcop: (strahlt)
„Ich weiß alles!" [10]

Szene 48

Set:	Innen – Wayne Manor, Esszimmer
Personen:	Sweet, Feel, Steel, Fishcop (rasiert), Anyworth, HAL 9000, Raveur
Dauer:	1:45 Min.

Anyworth/ Raveur:	(stehen im Hintergrund, Anyworth hilft Raveur beim Ablegen von Hand-schuhen, Mundschutz, Arztkittel etc.) [1]
Regie:	*Die nachfolgende Unterhaltung findet währenddessen im Vordergrund statt.* [2]
Fishcop:	(zu Feel) „Emma, Sie können sich an Peter erinnern, da etwas zwischen Ihnen bei-den unterbrochen wurde beziehungsweise unerledigt geblieben ist. Es ist der Zeigarnik-Effekt, der bei einer sehr starken Bindung wirken kann." [3]
Bearbeitung:	*Textinsert „Faktencheck: Es handelt sich wirklich um einen psychologischen Effekt."* [4]
Feel:	(strahlt) „Ich liebe Peter!" (zu Fishcop) „Und Sie haben das erste Mal Emma zu mir gesagt." [5]
Fishcop:	(zu Feel) „Wie gesagt: Ich weiß jetzt alles." (zu Sweet) „Ich benötige noch einmal Ihr Smartphone, John! Es fallen keine weiteren Gebühren an. Versprochen." (winkt mit der Hand, um eine schnelle Übergabe zu signalisieren) [6]
Sweet:	(grummelt) „Sie müssen sich aber selbst bedienen, da ich gerade keine Hand frei habe." (bewegt seinen Kopf leicht Richtung linke Gesäßtasche) „Es ist in meiner linken Gesäßtasche." [7]
Fishcop:	(fasst Sweet an die linke Gesäßtasche, fischt das Smartphone heraus und drückt einige Tasten) „So, die Superkräfte holen wir uns von unserem Supercomputer, HAL 9000. – HAL, bitte führe Programm ‚Fringe' durch!" [8]
HAL 9000:	(Roboterstimme, durch Smartphone verzerrt) „Programm ‚Fringe' läuft!" [9]

Fishcop:	(zu Steel) „Sie! Fassen Sie bitte gemeinsam mit John den Fensterrahmen und halten ihn gerade!"[10]
Steel:	(geht zu Sweet und ergreift die freie Seite des Fensterrahmens)[11]
Sweet:	(zu Fishcop) „Dr. Fishcop, bedeutet dies, dass ich nicht mit in das Paralleluniversum kann?"[12]
Sweet/ Steel:	(halten gemeinsam den Fensterrahmen, allerdings noch schief)[13]
Fishcop:	(zu Sweet) „John, ich bedaure. Mit Peter und dem Mörder wurde zwischen den Universen bereits ein deutliches Ungleichgewicht erzeugt. Ich kann nur noch Emma verantworten." (zu Sweet und Steel) „Apropos Ungleichgewicht: Es kann doch nicht so schwer sein, den leichten Fensterrahmen gerade zu halten?! Soll ich erst daran erinnern, was passieren kann, wenn ein Bild schief hängt?"[14]
Bearbeitung:	*Musikstart Depeche Mode – Get the Balance right (1983) nur Refrain.*[15]
Sweet/ Steel:	(sehen sich an und korrigieren die Ausrichtung des Fensterrahmens)[16]
Bearbeitung:	*Musikende.*[17]
Fishcop:	„Gut!" (zu Feel) „Emma, Sie sollten sofort durchsteigen! Viel Erfolg!"[18]
Feel:	(stutzig, zu Fishcop) „Und das trans-dimensionale Fenster funktioniert ganz ohne sichtbare Technik?"[19]
Fishcop:	(zu Feel) „Ähm, es war bei diesem Film kein Budget mehr dafür da. Die Requisiten von ‚Wayne-World' waren sehr teuer. – Ach, und ehe ich es vergesse: Sie müssen uns alles von Drüben berichten. Auch für das Paralleluniversum war kein Geld mehr übrig."[20]
Feel:	(geht zum Fensterrahmen)[21]
Sweet:	(zu Feel) „Budgetsorgen sind uns bestens bekannt. Hals- und Beinbruch, Mrs. Feel!"[22]
Steel:	(zu Feel) „Erfolgreiche Suche, Emma!" (zwinkert Feel zu)[23]
Feel:	(zwinkert Steel zu) „Also dann, meine Herren. Ein kleiner Schritt für den Menschen, ein

großer Schritt für die Menschheit."
(bückt sich und steigt durch den Fensterrahmen) [24]

Regie: *Feel verschwindet im Fensterrahmen im Nichts. Hierbei verschwinden ihre Körperteile in dem Moment, in dem sie durch den Fensterrahmen steigen.* [25]

Szene 49

Set:	Innen – Wayne Manor, Esszimmer
Personen:	Sweet, Feel, Steel, Fishcop (rasiert), Peter
Dauer:	2:30 Min.

Bearbeitung:	*Textinsert „24 Stunden später"* [1]
Sweet/ Steel:	(stehen immer noch mit dem Fensterrahmen im Raum) [2]
Sweet:	(angestrengt, zu Fishcop) „Dr. Fishcop, wir können den Rahmen nicht mehr halten!" [3]
Fishcop:	„Sie müssen leider noch ausharren, bis Emma wieder da ist. Wir hätten Alfred und Dr. Raveur nicht gehen lassen sollen. Dann hätten Sie sich abwechseln können." [4]
Sweet:	(angestrengt, zu Fishcop) „Wenn wir hier schon warten müssen, Dr. Fishcop: Haben Sie eine Erklärung, wie Helga und Peter ohne IHR trans-dimensionales Fenster in das Paralleluniversum gelangt sind?" [5]
Fishcop:	„Als Helga gesprungen ist, lief über HAL 9000 Ihre ‚Operation Steuergerechtigkeit'. Einige Subroutinen entsprachen Subroutinen meines Programms ‚Fringe'." [6]
Sweet:	(angestrengt, irritiert) „Wie ist das möglich?" [7]
Fishcop:	„Nun, Steuerflüchtlinge wollen sich absetzen und das Paralleluniversum ist ein ideales Ziel." [8]
Steel:	(angestrengt) „Ein vermeintliches Steuerparadies, okay. Und was ist mit Ihrem Sohn?" [9]
Fishcop:	„Dies wird Gegenstand eines kommenden Films. Bitte haben Sie Geduld." [10]
Steel:	(angestrengt) „Da fällt mir ein: Dr. Fishcop, läuft die Zeit denn drüben genauso schnell ..." [11]
Sweet:	(angestrengt, unterbricht) „So langsam, Harry. So langsam, muss man sagen." [12]
Fishcop:	„Natürlich läuft die Zeit im Paralleluniversum genauso schnell. Außer die Erde ist dort in den Einfluss eines Schwarzen Lochs geraten." [13]

Bearbeitung:	*Musikstart John Barry – The black Hole (Main Theme) (1979).* [14]
Steel:	(angestrengt) „'Das schwarze Loch', Walt Disney Pictures, 1979. Maximilian Schell spielt einen verrückten Wissenschaftler auf einem Raumschiff, der sich und seine unwissenden Gäste wie Anthony Perkins und Robert Forster durch ein Schwarzes Loch steuern will." [15]
Feel:	(erscheint im Fensterrahmen und klettert durch ihn durch) [16]
Peter:	(erscheint danach im Fensterrahmen und klettert durch ihn durch) [17]
Sweet/ Steel:	(warten einen Augenblick, beugen sich dann gleichzeitig zum Fensterrahmen und blicken hindurch) [18]
Bearbeitung:	*Musikende.* [19]
Feel:	(dreht sich zu Sweet und Steel) „Sie vermissen Helga? Er hat es nicht geschafft. Sein Alter Ego hat in ihm wohl eine berechtigte Konkurrenz gesehen und ihn ermordet." (dreht sich zu Peter) „Darf ich Ihnen meinen Mann vorstellen? Peter Feel." [20]
Peter:	(winkt den Anwesenden) „Ich gebe Ihnen besser keine Hand. In dieser Welt hatte ich in meinem Arm Kraft wie Kryptonit, die drüben weg war und nunmehr vermutlich wieder da ist." [21]
Sweet:	(grübelt, zu Peter) „Peter Feel? Aber Ihr Vater heißt doch Fishcop." (zeigt zu Fishcop) [22]
Feel:	(lächelt) „Ich war halt immer schon eine moderne Frau." [23]
Bearbeitung:	*Textinsert „Faktencheck: Falsch. Gemäß Folge 101 ‚Das Häuschen Im Grünen' ist ‚Peel' nicht Emmas Geburtsname."* [24]
Peter:	(lächelt) „Und ich mochte Fishcop nicht." (zu Fishcop) „Nichts für ungut, Dad." [25]
Sweet:	(zu Peter) „Nun, da Sie wieder da sind, erledigt sich meine Vormundschaft für Dr. Fishcop, oder?" [26]
Feel:	(zu Sweet) „Ich bedaure, Sweet. Peter und ich haben so viel aufzuholen, dass Ihre Vormundschaft wohl noch eine ganze Weile andauert." [27]
Sweet:	(ächzt)

Fishcop:	(zu Sweet und Steel)
	„Sie können aber zumindest den Fensterrahmen absetzen." [28]
Sweet/ Steel:	(setzen den Fensterrahmen ab und streichen sich mit der Hand durchs Gesicht) [29]
Fishcop:	„Peter und Emma … äh … meine Schwiegertochter, was könnt Ihr uns von drüben noch berichten?" [30]
Feel:	(zu Fishcop)
	„Später, Schwiegervater, in einem der nächsten Filme. Erst einmal das Wichtigste zuerst." [31]
Bearbeitung:	*Musikstart Sasha – If you believe (1998).* [32]
Feel/ Peter:	(drehen sich zueinander und geben sich einen langen Kuss) [33]
Kamera:	*Zoom-in langsam zum Detail der Münder von Feel/ Peter.* [34]
Bearbeitung:	*Musikende.* [35]

Szene 50

Set:	Außen – Diverse Sets
Personen:	Keine
Dauer:	2:00 Min.

Regie:	Szene 50 und der Anfang von Szene 51 (ca. 0:35 Min.) dienen für den Abspann. Für Szene 50 werden diverse Sets abgebaut, so dass jeweils ein leerer, weißer Raum oder eine leere, helle Fläche verbleibt. Sanatorium wird abgebaut (ca. 0:30 Min.) Wayne Manor wird abgebaut (ca. 0:30 Min.) Future-Wayne-World wird abgebaut (ca. 0:30 Min.) West-Wayne-World wird abgebaut (ca. 0:30 Min.) [1]
Bearbeitung:	Musikstart Fehlmann's Ready Made (1987) von 0:00 bis ca. 1:59 Min. Textinsert „Ende? Nein, als Fan weiß man bereits, dass es nach dem Abspann weitergeht. Auch wenn die Ereignisse im Paralleluniversum noch im Dunkeln gelassen werden, so soll doch noch der ein oder andere offene Punkt in DIESEM Universum aufgeklärt werden. Also bis gleich." Textinsert des Abspanns. [2]
Bearbeitung:	Musikende. [3]

Szene 51

Set:	**Innen – Raum**
Personen:	**Steel, Zimbalist Jr.**
Dauer:	**1:45 Min.**

Set:	*Edel ausgestatteter Raum, der Esszimmer oder Salon sein kann. Eine umfangreiche Auswahl an alkoholischen Getränken steht auf einem Sideboard zur Verfügung.* *Platz für 2 Personen.* [1]
Bearbeitung:	*Musikstart Bat for Lashes – Daniel (2009) ca. 1:29 bis 2:04 Min.* [2]
Steel:	(geht langsam auf Zimbalist Jr. zu und versetzt ihm in Zeitlupe eine Ohrfeige) [3]
Bearbeitung:	*Musikende.* [4]
Regie:	*Ende des Abspanns.* [5]
Zimbalist Jr.:	(verärgert) „Harry, was soll das? Ich habe mich an mein Versprechen gehalten und meine Tochter, Deine Laura, gut behandelt." [6]
Steel:	(wütend) „Die war nicht dafür, Daniel!" [7]
Zimbalist Jr.:	(irritiert) „Dann kläre mich bitte auf!" [8]
Steel:	(nestelt an seiner Uhr, löst das Armband, streift die Uhr vom Arm, zögert kurz und gibt sie dann Zimbalist Jr.) [9]
Zimbalist Jr.:	(blickt auf die Uhr, stammelt) „Eine schöne Uhr. Aber was …?" [10]
Steel:	(wütend) „Dreh sie um, Daniel!" [11]
Zimbalist Jr.:	(dreht die Uhr um) [12]
Steel:	(wütend) „Lies die Gravur!" [13]
Zimbalist Jr.:	(stammelt) „Warte!" (holt mit der freien Hand eine Brille aus der Innentasche seiner Jacke) „‚Für Harry von Dad'." [14]

144

Steel:	(wütend) „Die Uhr hast DU mir geschenkt. Du bist mein Vater."[15]
Zimbalist Jr.:	(stammelt) „Wie kommst Du darauf?"[16]
Steel:	(wütend) „Ah, zumindest streitest Du es nicht ab! – Mrs. Feel hat für mich Erkundigungen im Paralleluniversum eingeholt."[17]
Zimbalist Jr.:	(stammelt, traurig) „Es tut mir leid, Harry! Die Vaterschaft war mir ohne Deine Mutter damals zu viel. Als ich meinen Fehler erkannt habe, tat ich alles, um möglichst viel mit Dir zusammen zu sein."[18]
Steel:	(traurig) „Aber warum hast Du es mir nicht einfach gesagt?"[19]
Zimbalist Jr.:	(traurig) „Ich hatte Angst. Angst Dich zu verlieren. Bitte verzeihe mir."[20]
Steel:	(geht auf Zimbalist Jr. zu und nimmt ihn in den Arm) „Schon gut."[21]
Zimbalist Jr.:	(nimmt auch Steel in den Arm) „Danke."[22]
Steel:	(in der Umarmung, lächelt schief) „Wir haben aber noch ein Problem."[23]
Zimbalist Jr.:	(in der Umarmung) „Was für ein Problem, Harry?"[24]
Steel:	(löst sich aus der Umarmung und blickt Zimbalist Jr. an) „Ich liebe Deine Tochter, Dad!"[25]
Bearbeitung:	*Textinsert „Steel und Bolt fügen sich endlich zusammen. Dies ergibt dann übersetzt eine Stahlschraube."[26]*

Szene 52

Set:	Innen – Zentrale, Vorzimmer
Personen:	Sweet, Mutter, Moneymany
Dauer:	2:00 Min.

Sweet: (betritt Vorzimmer) [1]

Moneymany: (sitzt am Schreibtisch) [2]

Sweet: (lächelt)
„Guten Morgen, Moneymany. Wie geht es Ihnen?" [3]

Moneymany: (lächelt)
„Hallo, John. Ich habe mich mittlerweile ganz gut eingewöhnt. Sie können jetzt auch gern den Garderobenständer nutzen."
(zeigt zum Garderobenständer) [4]

Sweet: (nimmt seine Melone ab und wirft sie auf den Garderobenständer) [5]

Moneymany: (sieht den Wurf und zuckt dann leicht zusammen) [6]

Sweet: (sieht die Reaktion)
„Oh, Moneymany! War es doch noch nicht in Ordnung?" [7]

Moneymany: (schüttelt den Kopf)
„Nein, das ist es nicht, John. Der Chef ist noch nicht zurückgekehrt, so dass Sie sie umsonst abgelegt haben." [8]

Sweet: (irritiert)
„Mutter ist immer noch nicht wieder im Dienst?" [9]

Moneymany: (greift eine Postkarte, die auf dem Schreibtisch liegt)
„Hier, John, sehen Sie selbst."
(reicht Sweet die Postkarte) [10]

Sweet: (nimmt die Postkarte und schaut kurz auf das Bild)
„Panama."
(dreht die Postkarte um und beginnt zu lesen)
„Hallo Moneymany, ..." [11]

Mutter: (aus dem Off, übernimmt Text)
„Mildred und ich haben auf einem Leuchtturm geheiratet. Glücklicherweise hatte dieser einen Fahrstuhl. Ansonsten – mit meinem Rollstuhl – nicht auszudenken. Im Anschluss haben wir gleich unsere zweiwöchigen Flitterwochen angetreten. Nachdem ich Mildred von den Panama Papers und Universal Exports berichtet hatte, wollte Sie unbedingt dorthin. Während

sie die Steuerunterlagen auf Herz und Nieren überprüft, habe ich unseren Maulwurf getroffen. Er war ganz schön dreckig, aber ansonsten bei bester Gesundheit. – Bitte grüßen Sie meine besten Agenten – und auch Emma und John ...“ [12]

Sweet:	(verärgert) „Was soll DAS denn heißen? Wir sind immerhin nicht so pflichtvergessen wie er. Er kann doch gegenüber Mrs. Craps nicht einfach Geheimdienstinformationen ausplaudern.“ [13]
Moneymany:	(bewegt die Hände leicht, um Sweet zu beruhigen) „Lesen Sie weiter, John!“ [14]
Sweet:	(verärgert) „Okay.“ (liest weiter) „Bitte grüßen Sie meine besten Agenten und auch Emma und John ...“ [15]
Mutter:	(aus dem Off, übernimmt Text) „Moneymany, das war natürlich nur ein Scherz: Emma und John sind natürlich meine besten Pferde im Stall. – Ach, und Moneymany: Bitte bereiten Sie für meine Frau einen Arbeitsvertrag vor. Ich habe sie bereits mündlich auf die Geheimhaltung verpflichtet. Alles Weitere, wenn wir wieder zurück sind.“ [16]
Sweet:	(beruhigt) „Na, da hat Mutter noch einmal die Kurve gekriegt. – Und für mich heißt das dann quasi auch Urlaub, da kein neuer Auftrag anliegt.“ [17]
Moneymany:	(lächelt Sweet an) „Den Arbeitsvertrag für Mrs. Craps habe ich übrigens bereits fertig. Ich hätte also auch Zeit.“ [18]
Sweet:	(nimmt sich seine Melone, setzt sie auf, geht zu Moneymany und reicht ihr den Arm zum Einhaken) „Wollen wir, Moneymany?“ [19]
Moneymany:	(steht auf und hakt sich bei Sweet ein) „Ich hatte schon Angst, dass Du nie fragst, John.“ [20]
Sweet/ Moneymany:	(gehen gemeinsam ab) [21]

Szene 53

Set:	Außen – Irgendwo
Personen:	Manner
Dauer:	0:30 Min.

Set:	*Komplett beiger leerer Raum. Es sind keine Strukturen (Boden, Ecken oder Decke) zu erkennen.*
	Platz für 1 Person. [1]
Regie:	*Manner liegt gefesselt und geknebelt auf dem Boden.* [2]
Bearbeitung:	*Musikstart Culcha Candela – Hamma! (2007) ca. 0:13 bis 0:22 Min.* [3]
Kamera:	*Aufsicht.*
	Zoom-in langsam zur Halbnahen von Manner. [4]
Bearbeitung:	*Musikende.* [5]
Manner:	(schüttelt seinen Kopf hin und her, kann sich am Ende vom Knebel befreien und schreit)
	„Hallo! Ist hier noch jemand? Kann mir jemand helfen? Hallo!"
	(normale Lautstärke)
	„Verdammt, hier ist Schicht im Schacht und die haben auch noch gar nichts vom Paralleluniversum und dem Grund für Peters Verschwinden berichtet. Der Zuschauer kann sich natürlich bei Chips und Cola gedulden. Aber was soll ich so lange machen?"
	(schreit wieder)
	„Hallo! Hallo!" [6]

ENDE

Entfallene bzw. verlängerte Szenen

Die entfallenen Szenen stehen nur teilweise in einem Zusammenhang mit den vorhandenen Szenen. Dies ist dann jeweils angegeben. Teilweise sind es nur sehr kurze Sketche.

A)

Set:	**Innen – Wayne Manor, Esszimmer**
Personen:	**Sweet, Feel, Steel, Bolt**
Dauer:	**1:30 Min.**

Kommentar:	*„Einen vollständig anderen Verlauf der Geschichte hätte sich aus der folgenden Skizze einer Szene ergeben."* [1]
Steel:	„Unser Auftraggeber ist uns unbekannt. Das hatten wir schon einmal in Folge 10 ‚Video-Idiotie'." [2]
Kommentar:	*„Es wären dann ausgiebige Ermittlungen gelaufen, die auch den Auftraggeber aufgedeckt hätten."* [3]
Bolt:	„Nun wissen wir, wer unser Auftraggeber war: Es ist der Musiker Gabriel." [4]
Sweet:	(zu Bolt) „Boss, ich brauche mehr Geld!" [5]
Feel:	(zu Steel) „Komm unter meine Decke!" [6]
Bolt:	„Nein, nicht Gunther Gabriel sondern Peter Gabriel." [7]
Feel:	(erschrocken) „Peter?" [8]
Sweet:	„Haben Sie einen Geist gesehen, Mrs. Feel?" [9]
Kommentar:	*„Peter Gabriel entpuppt sich im weiteren Verlauf der Geschichte – wie in seinem gleichnamigen Song – als Sledge Hammer, dem sein Name nicht mehr gefiel. Er wünscht sich auch einen Zwilling, damit er sich nicht mehr zwischen ‚Westworld' und ‚Futureworld' aufteilen muss. – Den nicht mehr gewollten Namen gibt es in der Endfassung bei Peter Bishop und die Verbindung der beiden Welten ist durch die lustige Rohrpost gelöst. – Aus den Skizzen ist zu erkennen, dass hier weniger Serien- oder Filmkenner sondern*

viel mehr Musikfreaks angesprochen werden. Einerseits bin ich zwar auch dies und natürlich soll es auch in die Geschichten einfließen (in dieser Geschichte natürlich vor allem in die bizarre Autofahrt im DeLorean in Szene 18). Auf der anderen Seite sollte es aber ‚leichtfüßig' daherkommen und dies war für mich bei Gunther bzw. Peter Gabriel – schon aufgrund unterschiedlicher Aussprache des Nachnamens – nicht gegeben. Auch war mir zu dem Zeitpunkt der Geschichtsentwicklung bereits klar, dass Emma Peter in den Filmausschnitten sehen sollte. Ich wollte unbedingt ‚Fringe' (auch dort ist ein Peter im Paralleluniversum) mit ‚The Man in the High Castle' (Filme mit einer alternativen Realität bzw. hier mit einem alternativen Film) verbinden. Peter Gabriel wäre dann ein ‚Fremdkörper' gewesen, aber Emma hätte auf den Namen reagieren müssen.

Also wurde Pennyworth der Auftraggeber, Sledge Hammer durfte seinen Namen behalten und der Rest ist bekannt.

P. S.: Wenn Emma tatsächlich auf jeden Peter-Ruf reagieren müsste, finden sich zwei unlogische Stellen in der Geschichte: Bei den Filmzitaten werden Peter Sellers und Peter Fonda erwähnt. Die Unlogik lässt sich leicht erklären: Bei Filmzitaten schalten Emmas Ohren einfach auf Durchzug. Somit passt dann wieder alles." [10]

Set:	**Außen – Future World**
Personen:	**Feel, Steel**
Dauer:	**0:30 Min.**

Kommentar:	*„Die nachfolgende Szene war tatsächlich im fertigen Skript und sollte zwischen der Szene 10 und 12 stattfinden. In Szene 10 legt Harry aber einen Seelenstriptease hin; die anschließende plumpe Anmache verfehlt damit den Ton. Zudem würde das Happyend von Laura und ihm unglaubwürdig."* [1]
Bearbeitung:	*Musikstart Devo – Whip it (1980).* [2]
Steel:	(bewegt seine Hand von oben nach unten an den Konturen von Feel lang) „Ist das eigentlich ein Devo Suit?" (setzt sich roten Hut auf und schwingt eine Peitsche) [3]
Feel:	(lächelt) „Mein Lederdress? Nein, das ist der Karate-Emma-Dress." (macht eine Drehung und zeigt Karate) [4]
Bearbeitung:	*Musikende.* [5]
Steel:	(entfernt Hut und Peitsche, erfreut) „Gut zu wissen. Ich erinnere mich an Ihren ungewöhnlichen Tresoraufbruch. Da fühle ich mich doch gleich noch viel sicherer." [6]

c)

Set:	Außen – Future-Wayne-World, Im Auto
Personen:	Feel, Steel
Dauer:	1:45 Min.

Kommentar: „Mit den folgenden Musikstücken hätte die Szene 18 verlängert werden können. Dabei ist aber zu beachten, dass es leider einen Überhang von männlichen Gesangsstücken gibt, so dass der gewollte ‚Dialog' zwischen Emma und Harry nur bedingt funktioniert hätte." [1]

Regie: Zu Abschnitt „Allgemeine Einweisung". [2]

Bearbeitung: Musik Sniff 'n' the Tears – Driver's Seat (1979) von ca. 1:38 bis 1:41 Min. [3]

Steel: „Just take your place in the driver's seat." [4]

Bearbeitung: Musik Arabesque – Hell Driver (1980) von ca. 1:13 bis 1:16 Min. [5]

Feel: „Hell driver, hell driver." [6]

Bearbeitung: Musik Boy - Drive Darling (2012) von ca. 0:47 bis 0:55 Min. [7]

Feel: „Drive Darling, drive Darling, drive Darling, drive Darling, drive." [8]

Bearbeitung: Musik Maxim – Rückspiegel (2013) von ca. 0:55 bis 1:03 Min. [9]

Steel: „Aber alles geht so schnell, dass es Dir immer erst auffällt, wenn Du in den Rückspiegel schaust." [10]

Regie: Zu Abschnitt „Zeichenkunde". [11]

Bearbeitung: Musik Barbara Stromberger – Kommen Zeichen, kommen Weichen (1987) von ca. 1:11 bis 1:17 Min. [12]

Feel: „Kommen Zeichen, kommen Weichen." [13]

Bearbeitung: Musik Nick Heyward – Warning Sign (1984) von ca. 0:58 bis 1:04 Min. [14]

Steel: „Warning sign, didn't feel just right like a warning sign." [15]

Regie: Zu Abschnitt „Ampel". [16]

Bearbeitung: Musik Der Plan – Da vorne steht 'ne Ampel (1980) von ca. 0:07 bis 0:13 Min. [17]

Steel: „Da vorne steht 'ne Ampel, komm schnell, sie leuchtet rot." [18]

Bearbeitung: Musik Niels Frevert – Blinken am Horizont (2011) von ca. 1:11 bis 1:14 Min. [19]

Steel:	„Du siehst mich blinken." [20]
Regie:	*Zu neuem Abschnitt „Einbahnstraße".* [21]
Bearbeitung:	*Musik The Levellers – One Way (1991) von ca. 0:01 bis 0:03 Min.* [22]
Steel:	„There's only one way." [23]
Regie:	*Zu Abschnitt „Sackgasse".* [24]
Bearbeitung:	*Musik Data – Stop (1985) von ca. 1:02 bis 1:04 Min.* [25]
Feel:	„Oh, Stop, stop!" [26]
Bearbeitung:	*Musik The Byrds – Turn! Turn! Turn! (1965) von ca. 0:15 bis 0:19 Min.* [27]
Steel:	„Turn, turn, turn." [28]
Bearbeitung:	*Musik Travis – Turn (1999) von ca. 1:07 bis 1:20 Min.* [29]
Steel:	„If we turn, turn. Turn, turn, turn. Turn, turn, turn." [30]
Regie:	*Zu Abschnitt „Autobahn".* [31]
Bearbeitung:	*Musik Even as we speak – Goes so slow (1989) von ca. 0:48 bis 0:57 Min.* [32]
Steel:	„While out on the street the cars go by so fast. It goes so slow." [33]
Kommentar:	*„Und dann wäre da auch noch Depeche Mode mit ‚Behind the Wheel' gewesen. Aber der hätte nicht gepasst, da ihn Steel hätte ‚singen' müssen, aber selbst am Lenkrad sitzt. – Übrigens: Der echte Steele konnte sehr wohl Auto fahren. Aber so ist es komischer." [34]*

D)

Set:	Innen – West-Wayne-World, Pferdestall
Personen:	Bolt, Ted
Dauer:	1:15 Min.

Set:	*Typischer Western-Pferdestall aus Holz. Es sind mehrere Pferdeboxen vorhanden, die durch Bretter voneinander getrennt sind. In jeder Box liegt Heu. Im Durchgang sind bei einem Balken verschiedene Utensilien zu sehen (Seile, Eimer etc.). Platz für 1 Person und mindestens 1 Pferd.* [1]
Kommentar:	*„In Szene 22 geht Laura kurz in den Pferdestall. Diese Szene hätte gezeigt, was ihr darin widerfährt."* [2]
Bolt:	(betritt den Pferdestall und schaut sich um) [3]
Ted:	*Mr. Ted* *Sprechendes Pferd.* *Parodiert Mr. Ed aus „Mr. Ed"* (aus dem Off) „Kann ich Ihnen behilflich sein?" [4]
Bearbeitung:	*Musikstart Jay Livingston – Mr. Ed (1960).* [5]
Bolt:	(erschrocken) „Ist hier noch jemand?" [6]
Ted:	(aus dem Off) „Ich bin doch nicht zu übersehen!" [7]
Bolt:	(strahlt) „Ah, Mr. Ted, das sprechende Pferd! Ich hatte eben für einen Augenblick die Befürchtung, dass hier etwas Mysteriöses vor sich geht." [8]
Ted:	(aus dem Off) „Nein, nur der gute, alte Mr. Ted!" [9]
Bolt:	(lächelt) „Ich könnte Hilfe gebrauchen. Ich bräuchte ein, zwei Seile und einen Schwamm, möglichst nicht allzu dreckig. Damit haben wir noch ein – ich sage mal – Schandmaul zu stopfen." [10]
Ted:	(aus dem Off) „Kein Problem. Zwei Seile befinden sich vorne links an dem Balken und statt des Schwamms bietet sich ein Lappen gleich rechts von mir an. Der wurde nur für meine Nüstern, Augen und mein Geschlechtsteil verwen-

det."[11]

Bolt: (sammelt die Gegenstände zusammen)
„Vielen Dank, Mr. Ted!"[12]

Ted: „Sehr gern."[13]

Bearbeitung: *Musikende.*[14]

Kommentar: *„Ob der nunmehr deutlich werdenden Unappetitlichkeit für Sledge Manner wurde auf die Verwendung dieser Szene verzichtet. – Haben Sie das gerade tatsächlich geglaubt? – Nein, die für Mr. Ted verlangte Gage war viel zu hoch. Sprechendes Pferd kostet halt. Da sie nur bei Verwendung im Film angefallen wäre, haben wir die Szene in das Bonusmaterial gepackt. – Haben Sie es diesmal geglaubt? – Wenn ja, sollten Sie sich als Finanzier für künftige Filme melden. Rückzahlung der Mittel sind garantiert, wirklich wahr."*[15]

E)

Set:	**Innen – Wayne Manor, Kinosaal**
Personen:	**Steel, Zimbalist Jr.**
Dauer:	**0:45 Min.**

Kommentar: „Der nachfolgende Dialog war ursprünglich Teil der Szene 35, in der sich Harry und Daniel in der hintersten Sitzreihe im Kinosaal unterhalten. Die angesprochene Doppeldeutigkeit (Filmband reißt oder Emma hat ihre Erinnerung an Peter verloren) wäre aber dadurch nicht deutlich geworden, da es sich zu diesem Zeitpunkt nur auf den Tesafilm, aber nicht auf Emmas Schock beziehen konnte." [1]

Kamera: Schwenk zu Steel/ Zimbalist Jr. [2]

Steel: (flüstert, zu Zimbalist Jr. gedreht)
„Hoffentlich kein Filmriss." [3]

Zimbalist Jr. (flüstert, zu Steel gedreht)
„Was meinst Du damit?" [4]

Steel: (flüstert)
„Ich musste nur eben an die Folge 71 unserer Serie mit dem gleichen Titel denken." [5]

Zimbalist Jr.: (flüstert)
„Und was hat die Folge mit diesem Film zu tun?" [6]

Steel: (flüstert)
„Daniel, muss ich Dir das echt noch erklären? Den Titel natürlich. Düster, doppeldeutig, dramatisch." [7]

Zimbalist Jr.: (flüstert)
„Könnte aber auch für dürftig, dumm und dämlich stehen." [8]

Steel: (flüstert)
„Wird er aber nicht, Daniel, wird er nicht." [9]

F)

Set:	**Außen – Vor dem Sanatorium**
Personen:	**Sweet, Joda**
Dauer:	**0:15 Min.**

Kommentar: *„Hier die etwas verlängerte Szene 43, in der Jodas Heimat im Star Wars-Universum noch deutlicher wird."* [1]

Joda: (zu Sweet)
„Schrauben, Bretter und Werkzeuge. Mit OBI-Waren in Kenia, Nairobi ich war." [2]

Set:	Innen – Zentrale, Vorzimmer
Personen:	Sweet, Fishcop, Moneymany
Dauer:	1:30 Min.

Kommentar:	*„Sweet hat sich als Vormund permanent um Walter zu kümmern. Dies könnte Einfluss auf Szene 52 und das sich dort anbahnende Stelldichein zwischen Sweet und Moneymany vereiteln."* [1]
Sweet:	(beruhigt) „Na, da hat Mutter noch einmal die Kurve gekriegt. – Und für mich heißt das dann quasi auch Urlaub, da kein neuer Auftrag vorliegt."
Bearbeitung:	*Geräusch Türklopfen.* [2]
Sweet:	(blickt Richtung Tür) „Ach, nein! Da habe ich doch glatt mein Protegé, Dr. Fishcop, vergessen." (zu Moneymany) „Und ehe ein Missverständnis auftritt: Anders als Mutter habe ich ihm keinerlei Zugriff auf vertrauliche Daten verschafft. Auf dem Flur kann er nichts anstellen." [3]
Bearbeitung:	*Geräusch leichtes Poltern vom Flur zu hören.* [4]
Sweet:	(erschrocken) „Das klang nach einem heruntergefallenen Bild." [5]
Moneymany:	„John, die Queen ist am Renovieren des Buckingham Palace. Wertvolle Gemälde wurden daher vorübergehend in unsere Obhut gegeben. Gerade den Flur haben wir als Aufbewahrungsort genutzt." [6]
Bearbeitung:	*Geräusch zerspringendes Porzellan vom Flur zu hören.* [7]
Sweet:	(erschrocken) „Oh, nein! Diesmal ist etwas zerbrochen!" [8]
Moneymany:	„Neben den Gemälden haben wir auch einzigartige Vasen, Geschirr und dergleichen aus Porzellan erhalten." [9]
Bearbeitung:	*Geräusch auseinanderbrechender Gips vom Flur zu hören.* [10]
Sweet:	„Und diesmal klang es nach etwas, dass auseinandergebrochen ist." [11]
Moneymany:	„Damit hat Ihr Protegé auch die unbezahlbaren Skulpturen erwischt." [12]
Bearbeitung:	*Geräusch Knarren einer sich öffnenden Tür.* [13]
Fishcop:	(aus dem Off)

„Das Bild hängt schief." [14]

Sweet/   (schauen sich entsetzt an) [15]
Moneymany:

Kommentar: „Bereits beim Halten des Fensterrahmens wurde für den kundigen TV-Kenner der Bezug zu dem Klassiker von Loriot hergestellt. Daher war eine erneute Verwendung nicht sinnvoll. – Der eigentliche Grund ist allerdings ein anderer: Emma findet Peter wieder, Mutter heiratet Mildred und Steel liebt Bolt – und wie wir wissen gilt dies auch umgekehrt. Für alle Hauptprotagonisten gab es also ein Happyend und daher sollte dies auch Sweet und Moneymany nicht verwehrt bleiben." [16]

<u>H)</u>

Set:	**Außen – West-Wayne-World, Auf der Straße**
Personen:	**Manner**
Dauer:	**0:30 Min.**

Kommentar: „*Der nachfolgende Auftritt von Sledge Manner passt überhaupt nicht in die Geschichte und stellt daher eher nur ein Outtake dar.*" [1]

Bearbeitung: *Musikstart Secret Service – Oh! Susie (1979) von ca. 1:10 bis 1:45 Min.* [2]

Manner: (tanzt mit seiner Waffe, indem er sie wie eine Tanzpartnerin mit beiden Händen umfasst und dabei den Lauf nach oben bzw. ein Stück weit in seine Richtung hält) [3]

Bearbeitung: *Musikende.* [4]

160

I)

Set:	Innen – Wayne Manor, Esszimmer
Personen:	Anyworth, Robin
Dauer:	1:30 Min.

Kommentar: *„Mit der nachfolgenden Szene wird die weitere Wirkung der ‚Operation Steuergerechtigkeit' aufgegriffen. Robin bekommt hiermit die Möglichkeit erstmalig auch etwas sagen zu dürfen."* [1]

Anyworth: „Sir, die GewAnd erwartet Sie!" [2]

Robin: „DAS Gewand, Alfred, DAS Gewand! Sie drücken sich doch sonst so GEWANDT aus." [3]

Anyworth: „Master Robin, EIN Gewand könnte Sie mangels Bewusstsein wohl kaum erwarten. Ich sprach von der neu gegründeten Gewerkschaft für Androiden – Gew-And. Diese hat sich noch einmal mit der ‚Operation Steuergerechtigkeit' befasst. Nach dem Mindestlohn sollen nun die Steuern für Androiden reduziert werden." [4]

Robin: „Die Androiden zahlen Steuern?" [5]

Anyworth: „Dies war nach Zahlung des Mindestlohns unumgänglich, Master Robin. Da die Androiden 24 Stunden 7 Tage im Einsatz sind, kommt bei jedem Androiden ein höheres Monatsentgelt zusammen." [6]

Robin: „Und was will GewAnd von mir, Alfred?" [7]

Anyworth: „Sie erbitten Ihre Unterstützung als Rächer der Witwen und Waisen." [8]

Robin: „Alfred, erstens sind die Androiden keine Witwen oder Waisen und zweitens bin ich nicht Robin Hood! Ich habe mit Steuern nichts am HUT." [9]

Anyworth: „Oh, Sir! Sie haben vollkommen recht. Was sollen wir denn tun?" [10]

Robin: „Schicken Sie sie zum Sheriff von Nottingham." [11]

Anyworth: „Aber, Master Robin, wir leben nicht mehr im späten Mittelalter. Den Sheriff gibt es nicht mehr." [12]

Robin: „Das wissen Sie und das weiß ich, aber nicht die Androiden. Sobald sie Wayne-World verlassen haben, riegeln wir das Gelände ab." [13]

Anyworth: „Und was wird dann aus ‚West-Wayne-World' und ‚Future-Wayne-World'?" [14]

Robin: „‚West-Wayne-World' bekommt DC, während ‚Future-Wayne-World' an Marvel geht. Dann herrscht endlich wieder Ruhe hier." [15]

Anyworth: „So sei es, Master Robin!"[16]

Hinter den Kulissen

Szenenübersicht

Block	Szene	Set	Zeit Min.
1	1	Außen – Vor dem British Secret Service	02:30
1	2	Außen – Vor dem British Secret Service	02:00
1	3 / 3 p	Außen/ Innen – Bürogebäude/ Flur	01:15
1	4	Innen – Bürogebäude, Raum	03:45
1	5	Innen – Zentrale, Vorzimmer	01:30
1	6	Innen – Zentrale, Büro Mutter	02:00
1	6 p	Außen – Vor dem British Secret Service	
1	7	Innen – Wayne Manor, Foyer	03:00
1	8	Innen – Wayne Manor, Esszimmer	08:15
2	9	Innen – Wayne Manor, Tresorraum	07:00
2	10	Außen – Future-Wayne-World	02:45
2	11	Außen – West-Wayne-World, Auf der Straße	00:15
2	12	Außen – Future-Wayne-World, Autoverleih	00:45
2	13	Innen – Wayne Manor, Steuerungsraum	05:30
2	14	Innen – West-Wayne-World, Im Saloon	02:15
2	15	Innen – Wayne Manor, Steuerungsraum	01:30
2	16	Innen – West-Wayne-World, Im Saloon	01:45
2	17	Außen – Future-Wayne-World, Im Auto	00:15
2	18	Außen – Future-Wayne-World, Im Auto	01:45
2	19	Außen – Future-Wayne-World, Im Auto	00:45
3	20	Innen – West-Wayne-World, Im Saloon	03:30
3	21	Außen – Future-Wayne-World, Auf der Straße	03:30
3	22	Außen – West-Wayne-World, Beim Pferdestall	08:00
3	23	Innen – Wayne Manor, Steuerungsraum	00:15
3	24	Innen – West-Wayne-World, Im Saloon	00:30
3	25	Innen – Wayne Manor, Steuerungsraum	00:15
3	26	Außen – Future-Wayne-World, Auf der Straße	00:15
3	27	Außen – Future-Wayne-World, Autoverleih	03:15
3	28	Innen – West-Wayne-World, Im Saloon	00:30
3	29	Außen – West-Wayne-World, Beim Transportsystem	00:30

Block	Szene	Set	Zeit Min.
3	30	Innen – Wayne Manor, Steuerungsraum	01:30
3	31	Außen – West-Wayne-World, Auf der Straße	01:30
3	32	Innen – Wayne Manor, Steuerungsraum	00:15
3	33	Außen – West-Wayne-World, Auf der Straße	01:30
3	34	Innen – Wayne Manor, Steuerungsraum	01:45
4	35	Innen – Wayne Manor, Kinosaal	03:15
4	36	Ohne – Videoclip Maverick	00:15
4	37	Ohne – Videoclip Zurück in die Zukunft	00:15
4	38	Innen – Wayne Manor, Kinosaal	00:45
4	39	Außen – Auf dem Weg zum Sanatorium	01:00
4	40	Innen – Sanatorium St. Clergy, Gänge	01:00
4	41	Außen – Vor dem Sanatorium	00:30
4	42	Innen – Sanatorium St. Clergy, Zelle von Dr. Fishcop	02:00
4	43	Außen – Vor dem Sanatorium	00:30
4	44	Innen – Sanatorium St. Clergy, Zelle von Dr. Fishcop	02:00
4	45	Außen – Auf dem Rückweg	01:15
4	46	Innen – Wayne Manor, Esszimmer	02:15
4	47	Innen – Wayne Manor, Esszimmer	01:00
4	48	Innen – Wayne Manor, Esszimmer	01:45
4	49	Innen – Wayne Manor, Esszimmer	02:30
4	50	Außen – Diverse Sets	02:00
4	51	Innen – Raum	01:45
4	52	Innen – Zentrale, Vorzimmer	02:00
4	53	Außen – Irgendwo	00:30
Bonus	A	Innen – Wayne Manor, Esszimmer	01:15
Bonus	B	Außen – Future-Wayne-World	00:30
Bonus	C	Außen – Future-Wayne-World, Im Auto	01:45
Bonus	D	Innen – West-Wayne-World, Pferdestall	01:15
Bonus	E	Innen – Wayne Manor, Kinosaal	00:45
Bonus	F	Außen – Vor dem Sanatorium	00:15
Bonus	G	Innen – Zentrale, Vorzimmer	01:30
Bonus	H	Außen – West-Wayne-World, Auf der Straße	00:30
Bonus	I	Innen – Wayne Manor, Esszimmer	01:30

Dauer

Der Filmdreh kann durch weitere Parodien auf „Werbung" und selbstgedrehte Musikvideos unterbrochen werden. Ich habe hierzu das Drehbuch in vier Blöcke geteilt:

Block	Szene	Dauer Min.
1		**24:15**
	1	2:30
	2	2:00
	3	1:15
	4	3:45
	5	1:30
	6	2:00
	7	3:00
	8	8:15
2		**24:30**
	9	7:00
	10	2:45
	11	0:15
	12	0:45
	13	5:30
	14	2:15
	15	1:30
	16	1:45
	17	0:15
	18	1:45
	19	0:45
3		**27:00**
	20	3:30
	21	3:30
	22	8:00
	23	0:15
	24	0:30
	25	0:15
	26	0:15

Block	Szene	Dauer Min.
	27	3:15
	28	0:30
	29	0:30
	30	1:30
	31	1:30
	32	0:15
	33	1:30
4		**26:30**
	34	1:45
	35	3:15
	36	0:15
	37	0:15
	38	0:45
	39	1:00
	40	1:00
	41	0:30
	42	2:00
	43	0:30
	44	2:00
	45	1:15
	46	2:15
	47	1:00
	48	1:45
	49	2:30
	50	2:00
	51	1:45
	52	2:00
	53	0:30

Block Szene	Dauer Min.
Bonus	**9:15**
A	1:15
B	0:30
C	1:45
D	1:15
E	0:45
F	0:15
G	1:30
H	0:30
I	1:30
Gesamt	**111:30**

Sets

Alle Szenen spielen am Tag.

Nr.	Set	Dauer Min.	Dreh- tage	Drehtage optimiert
I	Außen – Vor dem British Secret Service	5:00	1	1
II	Außen/ Innen – Bürogebäude/ Flur/ Zimmer	1:15	1	1
III	Innen – Bürogebäude, Raum	3:45	1	Mit II
IV	Innen – Zentrale, Vorzimmer	5:00	1	1
V	Innen – Zentrale, Büro Mutter	2:00	1	1
VI	Innen – Wayne Manor, Foyer	3:00	1	1
VII	Innen – Wayne Manor, Esszimmer	18:30	4	4
VIII	Innen – Wayne Manor, Tresorraum	7:00	2	2
IX	Außen – Future-Wayne-World	3:15	1	1
X	Außen – West-Wayne-World, Auf der Straße	3:45	1	1
XI	Außen – Future-Wayne-World, Autoverleih	4:00	1	1
XII	Innen – Wayne Manor, Steuerungsraum	11:00	3	3
XIII	Innen – West-Wayne-World, Im Saloon	8:30	2	2
XIV	Außen – Future-Wayne-World, Im Auto	4:30	1	1
XV	Außen – Future-Wayne-World, Auf der Straße	3:45	1	1
XVI	Außen – West-Wayne-World, Beim Pferdestall	8:00	2	2
XVII	Außen – West-Wayne-World, Beim Transportsystem	0:30	1	Mit IX
XVIII	Innen – Wayne Manor, Kinosaal	4:45	1	1
XIX	Außen – Auf dem Weg zum Sanatorium und auf dem Rückweg	2.15	1	1
XX	Innen – Sanatorium St. Clergy, Gänge	1:00	1	Mit XXII
XXI	Außen – Vor dem Sanatorium	1:15	1	Mit XIX
XXII	Innen – Sanatorium St. Clergy, Zelle von Dr. Fishcop	4:00	1	1
XXIII	Innen – Raum	1:45	1	Mit VII
XXIV	Außen – Irgendwo	0:30	1	Mit IX
XXV	Innen – West-Wayne-World, Pferdestall	1:15	1	Mit XV
	Kein (eigenes) Set	2:00	0	0
	Gesamt	**111:30**	**34**	**26**

Nachfolgende Platzangaben beziehen sich auf Darsteller – also ohne Kameramann, Regisseur etc.

I. Vor dem British Secret Service (Szenen 1, 2 und 6 parallel)

Großer gepflasterter Platz in der Stadt mit Bänken und Grünanlagen. Ggf. auch ein Springbrunnen oder etwas anderes Besonderes. Im Hintergrund ist ein Bürogebäude zu sehen, auf dem der Schriftzug „British Secret Service" angebracht ist.

Platz für zahlreiche Personen.

II. Bürogebäude (Szene 3 und 3 parallel)

Bürogebäude in der Nacht mit zwei rückwärtigen, nicht gut einsehbaren Nebeneingängen. Einer dieser Eingänge ist auf Höhe Erdgeschoss und hat eine Glasscheibe, dahinter ist ein langer Flur mit Notbeleuchtung zu sehen. Der andere Eingang ist auf Höhe Kellergeschoss und hat eine Stahltür mit einem dicken Vorhängeschloss. Hier ist keine Beleuchtung zu sehen. Im Bürogebäude selbst sind viele Flure, auf denen die verschiedenen Büros liegen. Bei allen Büros sind die Türen geschlossen. Auf den Türen sind maschinell erstellte Namensschilder angebracht. Im Kellergeschoss sind viele Zwischentüren. An freien Wandelementen hängen dort eingerahmte Filmplakate von Kinoklassikern wie „Casablanca", „Spiel mir das Lied vom Tod", „Eins, zwei, drei" oder „Zurück in die Zukunft", bei denen Crew-Angaben teilweise geändert wurden.

Platz für 3 Personen.

III. Bürogebäude, Raum (Szene 4)

Büroraum mit edlem Schreibtisch, hochwertigem Chefsessel, holzvertäfelten Wandschränken, teuren Gemälden an den Wänden, Skulpturen und einem runden Besprechungstisch mit vier wertigen Stühlen. Auf dem Schreibtisch sind nur ein zusammengeklapptes Notebook und eine grüne Bibliothekslampe zu sehen. Der Boden ist grasgrün und in einer Ecke steht eine Golftasche, aus der mehrere Eisen herausragen, und in einer anderen Ecke ist ein Loch im Boden eingelassen, aus dem eine Zielfahne mit Golf-Logo herausragt. An einer Wand ist ein Tresor eingebaut, der durch ein bereits abgehängtes Gemälde verdeckt wurde.

Platz für 3 Personen.

IV.   Zentrale, Vorzimmer (Szenen 5, 52 und G)

Länglicher Büroraum mit einer Eingangstür an der einen kurzen Seite und einem Fenster an der anderen kurzen Seite. Vor dem Fenster steht quer ein voll ausgestatteter Schreibtisch (Telefon, PC, Tastatur, Maus, diverse Notizzettel und Stifte). Vor dem Schreibtisch steht ein Bürostuhl. Auf der linken Längsseite ist ungefähr mittig eine Durchgangstür zum Büro von Mutter. Rechts und links von dieser Tür sind Sideboards. Das Sideboard in der Nähe des Schreibtischs steht offen. Auf der gegenüberliegenden Längsseite ist eine Schrankwand, die ein Stück vor dem Schreibtisch endet. Auf dem Platz dazwischen steht ein Kleiderständer mit extra Haken für Hüte.

Platz für 2 Personen.

V.   Zentrale, Büro Mutter (Szene 6)

Großer Büroraum, der ausschließlich über die Tür zum Vorzimmer betreten werden kann. Rechts und links von dieser Tür sind Sideboards, die alle geschlossen sind. Auf den Sideboards stehen wertige Dekorationsgegenstände. Ein sehr großer, massiver Schreibtisch aus dunklem Holz steht gegenüber der Tür. Der Schreibtisch ist voll ausgestattet: Telefon, PC, Tastatur, Maus, handbeschriebenes Briefpapier in Lederhüllen und ein Füller in einem offenen Füllfederhalter. Hinter dem Schreibtisch ist ein Bürostuhl. Oberhalb der Sitzposition ist an der dahinter liegenden Wand ein riesiges Bild von Großbritannien angebracht. Schottland, Wales und Nordirland sind abgetrennt und mit EU-Emblem versehen: zwölf gelbe Sterne im Kreis vor dunkelblauen Hintergrund. Alle Landesbezeichnungen sind in englischer Sprache angegeben: „Scotland", „Wales", „Northern Ireland" und „Great Britain". Vor „Great Britain" sind in einer abgesetzten Schriftfarbe die Wörter „not so" ergänzt. Auf der Außenseite verläuft eine durchgehende Fensterfront. Die Sicht ist durch teilweise geschlossene Jalousien eingeschränkt. Vor dem Schreibtisch stehen zwei einladende weinrot bezogene Stühle. Die dem Fenster gegenüberliegende Seite ist mit einer massiven, dunkelbraunen Schrankwand belegt, die vollständig geschlossen ist.

Platz für 3 Personen.

VI. Wayne Manor, Foyer (Szene 7)

Oberstes Stockwerk von einem sehr großen Treppenhaus. Die einzelnen Stufen haben eine großzügige Breite und sind aus Marmor. Sie laufen in einem Achteck um einen voll verkleideten Fahrstuhlschacht. Der Fahrstuhlausgang liegt einer großen und hohen Eingangstür gegenüber. Durch großzügige Fenster tritt viel Sonnenlicht ein.

Platz für 4 Personen.

VII. Wayne Manor, Esszimmer (Szenen 8, 46, 47, 48, 49, A und I)

Großes, sonnendurchflutetes Esszimmer mit einer umlaufenden Galerie. Ein massiver Holztisch steht in der Raummitte und ist von zwölf Stühlen aus Leder und Stahlrohren umgeben. Auf dem Tisch ist über die gesamte Länge ein weißer Läufer ausgelegt. An den Wänden hängen mehrere großformatige Bilder in Rahmen aus gebürstetem Stahl: Porträts von Robin, Batfan und Garth Helga sowie Filmplakate von „Wayne's World" und „Wayne's World 2".

Platz für 7 Personen.

VIII. Wayne Manor, Tresorraum (Szene 9)

Großes Zimmer, das vom Design dem Esszimmer ähnlich ist. An einer Wand ist ein großer Tresor eingebaut, der durch nichts verdeckt wird.

Platz für 7 Personen.

IX. Future-Wayne-World (Szenen 10 und B)

Futuristische Stadt mit vertikal begrünten Wolkenkratzern. Die Gebäude haben ausgeprägte Fensterfronten und viel Werbeflächen (ähnlich dem Times Square in New York). In den Erdgeschossen der Gebäude sind Geschäfte untergebracht, die originelle Schaufenster haben. So gibt es Boutiquen, bei denen Schaufensterpuppen die Gestalt der vorbeigehenden Passanten annehmen, um einen Eindruck der Kleidungsstücke zu geben, ohne sie probeanziehen zu müssen. In einem Golfclub wird im Schaufenster das virtuelle Grün dargestellt und ein virtueller Spieler winkt die Passanten heran. In einem Restaurant wird damit geworben, dass alle Speisen möglich sind, da diese wie in Star Trek repliziert werden. Die entsprechenden Geräte sind in jeder Ecke des Restaurants aufgebaut. Auf den Straßen verkehren nur Passanten und Radfahrer, keine Autos.

Platz für zahlreiche Personen.

X. West-Wayne-World, Auf der Straße (Szenen 11, 31, 33 und H)

Typische Westernstadt mit Saloon, Hotel, Bank, Warenhaus, Schmied, Leichenbestatter, Ställen und Wohnhäusern. Alle Gebäude sind aus Holz und in englischer Sprache beschriftet. Die Straßen sind unbefestigt und auf ihnen verkehren Passanten, Reiter und Kutschen.

Platz für zahlreiche Personen.

XI. Future-Wayne-World, Autoverleih (Szenen 12 und 27)

Innerhalb der futuristischen Stadt. Der Autoverleiher hat ein Schaufenster, in dem die Fahrzeuge auf einem Laufband von rechts nach links vorgeführt werden. Ein Android in Form einer attraktiven Blondine präsentiert gerade einen DeLorean, der im Schaufenster ins Zentrum gerollt wurde: Öffnen der Fahrertür und Schritt zur Seite, damit der Passant einen Blick in das Innere werfen kann. Dann steigt der Android ein, schließt die Tür, lehnt sich entspannt zurück und lächelt übertrieben. Auf den Straßen verkehren weiterhin nur Passanten und Radfahrer, keine Autos.

Platz für zahlreiche Personen.

XII. Wayne Manor, Steuerungsraum (Szenen 13, 15, 23, 25, 30, 32 und 34)

Künstliche, gedimmte Beleuchtung. Die Wände sind bis auf die Wand der Tür mit Computern bebaut (diverse Tastaturen, Bildschirme in verschiedenen Größen, leuchtende und blinkende Lampen, Joysticks und andere Bedieneinheiten). Keine Sitzmöglichkeit. Die Bedienelemente sind ideal in stehender Position zu erreichen.

Platz für 2 Personen.

XIII.   West-Wayne-World, Im Saloon (Szenen 14, 16, 20, 24 und 28)

Typischer Westernsaloon mit einer Bar mit durchgezogenem Tresen und mehreren Barhockern. Der Barkeeper putzt Gläser. Mehrere mit alkoholischen Getränken zugestellte Holztische mit Holzstühlen, die zum Teil belegt sind. Teilweise wird lautstark gesprochen und gelacht, teilweise Karten gespielt. In einer Ecke steht ein Pianola („Western Klavier").

Platz für zahlreiche Personen.

XIV.   Future-Wayne-World, Im Auto (Szenen 17, 18, 19 und C)

In einem DeLorean.

Platz für 2 Personen.

XV.   Future-Wayne-World, Auf der Straße (Szenen 21 und 26)

Gerade, asphaltierte Straße inmitten einer Waldlandschaft.

Platz für 3 Personen.

XVI.   West-Wayne-World, Beim Pferdestall (Szene 22)

Holzstall zwischen anderen Holzgebäuden. Das große Tor ist mit einem einfachen Riegel geschlossen.

Platz für 5 Personen.

XVII.   West-Wayne-World, Beim Transportsystem (Szene 29)

Steil aufragender, karger Berg, dem man seine Künstlichkeit ansieht. Am Fuß des Berges endet eine Röhre, die einen Durchmesser von ungefähr 3 Metern hat. Die Röhre umschließt eng ein zylinderförmiges Vehikel, dessen Tür noch halb offen steht und einen Blick ins Innere ermöglicht. Einem U-Bahn-Wagen ähnlich gibt es auf beiden Seiten einfache Sitzschalen und Haltestangen. Am Ende des Wagens ist ein Pendant zur Tür zu sehen.

Platz für 2 Personen.

XVIII.   Wayne Manor, Kinosaal (Szenen 35, 38 und E)

Der Kinosaal hat über mehrere Sitzreihen mit bequemen roten Sesseln ungefähr 30 Plätze. Der Boden steigt moderat von vorn nach hinten an. Die Leinwand ist fest angebracht. Links und rechts der Leinwand sind rote Vorhänge angebracht, die bereits geöffnet sind. Der Projektor steht auf einem versenkbaren Tisch zwischen der ersten Reihe. An den Seiten sind wertige Holzregale in die Wände eingearbeitet, in denen zahlreiche Bücher, Comics, DVDs und Blu Rays stehen. Jede Regalreihe wird einzeln bestrahlt. Der Raum selbst ist mit einem warmen Licht künstlich beleuchtet.

Platz für 2 Personen.

XIX.   Auf dem Weg zum Sanatorium und auf dem Rückweg (Szenen 39 und 45)

Der Innenraum eines Jaguar XJ12.

Platz für 3 Personen.

XX.   Sanatorium St. Clergy, Gänge (Szene 40)

Breiter Gang, der links und rechts von Türen und langgezogenen Fenstern gesäumt ist. Die Wände sind weiß und der Boden aus Linoleum.

Platz für zahlreiche Personen.

XXI.   Vor dem Sanatorium (Szenen 41, 43 und F)

Parkanlage mit viel Rasen und einem künstlichen See. Die zahlreichen Wege sind asphaltiert.

Platz für 3 Personen.

XXII.   **Sanatorium St. Clergy, Zelle von Dr. Fishcop (Szenen 42 und 44)**

Helle Gummizelle mit einem eng vergitterten Fenster. Kleiderschrank, Bett, Tisch und Stuhl sind fest verankert und ohne Kanten. Auf dem Tisch steht ein Essentablett, das noch nicht angerührt wurde. Die Wände sind mit vergrößerten Bildern aus der Serie „Fringe" ausgestaltet.

Platz für 2 Personen.

XXIII.   **Raum (Szene 51)**

Edel ausgestatteter Raum, der Esszimmer oder Salon sein kann. Eine umfangreiche Auswahl an alkoholischen Getränken steht auf einem Sideboard zur Verfügung.

Platz für 2 Personen.

XXIV.   **Irgendwo (Szene 53)**

Komplett beiger leerer Raum. Es sind keine Strukturen (Boden, Ecken oder Decke) zu erkennen.

Platz für 1 Person.

XXV.   **West-Wayne-World, Pferdestall (Szene D)**

Typischer Western-Pferdestall aus Holz. Es sind mehrere Pferdeboxen vorhanden, die durch Bretter voneinander getrennt sind. In jeder Box liegt Heu. Im Durchgang sind verschiedene Utensilien zu sehen (Seile, Eimer etc.).

Platz für 1 Person und mindestens 1 Pferd.

Personen (Hauptrollen)

Sweet: John Sweet
Dunkle, kurze Haare, im Anzug mit Krawatte, Schirm und Melone. Agent für den britischen Geheimdienst.
Parodiert John Steed aus „Mit Schirm, Charme und Melone"

Feel: Emma Feel
Dunkle, halblange Haare, im schwarzen Lederanzug. Agentin für den britischen Geheimdienst.
Parodiert Emma Peel aus „Mit Schirm, Charme und Melone"

Steel: Remington Steel
Sehr dunkle, etwas längere Haare, im Anzug mit Krawatte. Namensgeber einer Detektei aus Los Angeles mit dunkler Vergangenheit. Nennt sich auch Harry.
Parodiert Remington Steele aus „Remington Steele"

Bolt: Laura Bolt
Dunkelblonde, lange Haare, im Kostüm. Gern mit Hut. Privatdetektivin und Erfinderin des Namens „Remington Steel"
Parodiert Laura Holt aus „Remington Steele"

Mutter: Mutter (Chef von Sweet und Feel)
Dunkle, kurze Haare, fülligere Statur, dunkler Anzug mit Nelke im Knopfloch, sitzt im Rollstuhl.
Parodiert Mutter aus „Mit Schirm, Charme und Melone"

Craps: Mildred Craps
Hell gefärbte, kurze, lockige Haare. Von etwas kleinerer und fülligerer Statur. Ehemalige Steuerfahnderin, die nun das Sekretariat von „Remington Steel" leitet.
Parodiert Mildred Krebs aus „Remington Steele"

Manner: Sledge Manner
Helle, etwas längere Haare, im bunten, gestreiften Anzug mit nicht passender Krawatte. Trägt immer eine sehr große Waffe, die er Suzie nennt. War Mitarbeiter der Mordkommission der Polizei von San Francisco.
Parodiert Sledge Hammer aus „Sledge Hammer"

Fishcop: Dr. Walter Fishcop
Dunkle, leicht ergraute, kurze, lockige Haare. Karohemd und Strickjacke. Genialer Wissenschaftler für Grenzwissenschaften.
Parodiert Dr. Walter Bishop aus „Fringe – Grenzfälle des FBI"

Personen (Nebenrollen)

Anyworth:
Alfred Anyworth
Älterer, ergrauter Mann im Livree. Im Dienst von Blues Wayne alias Batfan.
Parodiert Alfred Pennyworth aus „Batman"

Zimbalist Jr.:
Efrem Zimbalist Jr.
Älterer, weißhaariger Mann. Er ist auf der einen Seite der tatsächliche Vater von Stefanie Zimbalist, die Laura Holt spielt. Auf der anderen Seite spielt er in „Remington Steele" Daniel Chalmers, Mentor von Harry.
Parodiert real existierende Person

Moneymany:
Miss Moneymany
Dunkle, längere Haare, im Kostüm. Ursprünglich Sekretärin von M beim MI6. Nach dem Tod von James Pond brauchte sie eine Veränderung.
Parodiert Miss Moneypenny aus „James Bond"

Maybesick:
Bret Maybesick
Dunkle, etwas längere, lockige Haare. Dunkler Anzug, weißes Hemd und schwarze Krawatte. Dazu schwarzer Cowboyhut. Ein Spieler, der im Wilden Westen von Stadt zu Stadt und von Saloon zu Saloon zieht, um Geld zu machen.
Parodiert Bret Maverick aus „Maverick"

Peter:
Peter Feel
Kurze Haare. Keine weiteren Vorgaben aus der Serie bekannt, da nur als Kleindarsteller aufgetreten.
Parodiert Peter Peel aus „Mit Schirm, Charme und Melone"

Helga:
Garth Helga
Blonde, lange Haare, schwarze Hornbrille. Aufgeknöpftes Karohemd, darunter ein „Guns N' Roses"-T-Shirt. Blue Jeans mit großen Rissen an den Knien. Hört Heavy Metal und bewegt sich ekstatisch dazu.
Parodiert Garth Algar aus „Wayne's World"

Raveur:
Dr. Michael Raveur
Weiße, etwas längere Haare. Weißer Arztkittel. Genialer Neurochirurg.
Parodiert Dr. Michael Hfuhruhurr aus „Der Mann mit zwei Gehirnen"

Robin:
Robin
Dunkle, kurze Haare. Kindliche Gesichtszüge. Rot-grünes Kostüm. Helfer von Batfan.
Parodiert Robin aus „Batman"

Personen (Kleindarsteller)

Spieler 1:   Spieler 1
                    Trägt Western-Kleidung.

Spieler 2:   Spieler 2
                    Trägt Western-Kleidung.

Barkeeper: Barkeeper
                    Trägt Western-Kleidung mit Schürze.

Sandwich-Man: Sandwich-Man
                    Trägt große Plakatwände auf seiner Vorder- und Rückseite.

Ted: Mr. Ted
                    Sprechendes Pferd.
                    Parodiert Mr. Ed aus „Mr. Ed"

HAL 9000:   HAL 9000
                    Sprechender Supercomputer mit sanfter Stimme.
                    Parodiert HAL 9000 aus „2001: Odyssee im Weltraum"

Crown: Dr. Emmett Crown
                    Weiße, lange Haare, die vom Kopf abstehen. Weißer Arztkittel. Genialer
                    Erfinder des Fluxkompensators, der – eingebaut in einen DeLorean – diesen
                    zur Zeitmaschine macht.
                    Parodiert Dr. Emmett Brown aus „Zurück in die Zukunft"

Summer: Dr. Bruce Summer
                    Blonde, kurze Haare. Dunkler Anzug und rote Krawatte. Psychiater und Di-
                    rektor des St. Clergy Sanatoriums.
                    Parodiert Dr. Bruce Sumner aus „Fringe – Grenzfälle des FBI"

Borg: Andy Borg
                    Schlagersänger und König des Borg-Kollektivs.
                    Parodiert real existierende Person bzw. Borg-Königin aus „Star Trek – The
                    Next Generation"

Daweg: Daweg
                    Mitglied einer nichtmenschlichen Rasse, die eine fragwürdige Ideologie mit
                    „Rassenreinheits"-Fanatismus hat.
                    Parodiert einen Dalek aus „Dr. Who"

Joda: Jonathan „Joda" Demme
                    Regisseur von „Das Schweigen der Lämmer" mit der Sprache des Jedi-
                    Meisters Yoda.
                    Parodiert real existierende Person bzw. Yoda aus „Star Wars"

Luther:	Martin Luther
	Braune, gelockte Haare. Dunkle Mütze und dunkler Mantel.
	Parodiert real existierende Person
Alzheimer:	Alois Alzheimer
	Helle, sehr kurze Haare (fast Glatze). Beiger Kittel.
	Parodiert real existierende Person
Arzt:	Arzt
	Weißer Arztkittel.

Personen (Statisten)

| Statisten: | Für Szenen 1, 2, 6, 10, 11, 12, 14, 16, 20 und 40. |

Musikstücke und Videoclips

Wenn einem die verwandten Musikstücke oder Videoclips nicht mehr im Ohr sind oder nicht vor dem geistigen Auge erscheinen oder gar gänzlich unbekannt sind, können sie in der Regel im Internet angehört oder angesehen werden. Fast alles habe ich z. B. bei YouTube gefunden. Links stelle ich aber aus zweierlei Gründen nicht zur Verfügung: Zum einen bin ich mir nicht sicher, ob die jeweiligen Kanalbetreiber immer alle Urheberrechte haben, und zum anderen würden die Links beim gedruckten Buch schlicht nicht funktionieren.

Musikstücke	Szene
Blur – The Universal (1995)	1, 2
Blur – Song 2 (1997)	1, 2
Laurie Johnson – The Avengers Theme (1965)	3
Papa Bue's Viking Jazzband – Olsen Banden (Die Olsenbande) (1968)	4
Henry Mancini – The Pink Panther Theme (1963)	4
Larry Adler and his Harmonica – Le Rififi (1955)	4
Reinhard Mey – Über den Wolken (1974)	7
Reinhard Mey – Der Mörder ist immer der Gärtner (1971)	8
Joan Jett & the Blackhearts – I love Rock ‚n' Roll (1982)	8
Henry Mancini – Remington Steele (Theme for Season 2) (1983)	9
Henry Mancini – Remington Steele (Laura's Theme = Abspann) (1982)	10
Richard Strauss – Also sprach Zarathustra (in: 2001: Odyssee im Weltraum) (1968)	13
Ramin Djawadi – Heart-Shaped Box (Nirvana-Cover in: Westworld Staffel 2) (2018)	14
Boy - Drive Darling (2012)	18, C
Mike & the Mechanics – Looking back over my Shoulder (1995)	18
Tic Tac Toe – Spiegel (2005)	18
Meat Loaf – Objects in the Rear View Mirror (may appear closer than they are) (1994)	18
Howard Carpendale – … Und ich warte auf ein Zeichen (1975)	18
Ace Of Base – The Sign (1993)	18
Fertig, Los! – Links, Rechts, Links (2007)	18
Captain Jack – Captain Jack (1995)	18
Lena – Traffic Lights (2015)	18
The Hooters – Johnny B. (1987)	18
Spice Girls – Stop (1997)	18
Kitchens of Distinction – Drive that fast (1990)	18
Katy B feat. Miss Dynamite – Lights on (2010)	18
Peter Wolf – Lights out (1984)	18
Fury in the Slaughterhouse – One Way Dead End Street (Radio Edit) (1998)	18
Alena – Turn it around (1998)	18

Musikstücke	Szene
Tracy Chapman – Fast Car (1988)	18
Kraftwerk – Autobahn (1974)	18
Even as we speak – Getting faster (1993)	18
Tom Liwa – Für die linke Spur zu langsam (2000)	18
David Buttolph + Paul Francis Webster – Maverick Theme (Original Series) (1958)	20
Andy Williams – (Where do I begin) Love Story (1970)	20
Danny Elfman – Sledge Hammer! Theme (1986)	21
Shirley Bassey – Goldfinger (1964)	22
Ramin Djawadi – The Entertainer (Marvin Hamlish-Cover in: Westworld Staffel 2) (2018)	24
R. Kelly – Gotham City (1997)	27
Ennio Morricone – Spiel mir das Lied vom Tod (1968)	31, 33
Monty Norman – James Bond Theme (1962)	31
The Art of Noise – Moments in Love (1985)	34
Randy Edelman – MacGuyver (1985)	35
Bernard Herrmann – Vertigo (Aus dem Reich der Toten) (1958)	39
J. J. Abrams – Fringe (Main Title Theme) (2008)	42
Pixies – Where is my Mind? (1988)	47
Depeche Mode – Get the Balance right (1983)	48
John Barry – The black Hole (Main Theme) (1979)	49
Sasha – If you believe (1998)	49
Fehlmann's Ready Made – Ready Made (1987)	50
Bat for Lashes – Daniel (2009)	51
Culcha Candela – Hamma! (2007)	53
Devo – Whip it (1980)	B
Sniff 'n' the Tears – Driver's Seat (1979)	C
Arabesque – Hell Driver (1980)	C
Maxim – Rückspiegel (2013)	C
Barbara Stromberger – Kommen Zeichen, kommen Weichen (1987)	C
Nick Heyward – Warning Sign (1984)	C
Der Plan – Da vorne steht 'ne Ampel (1980)	C
Niels Frevert – Blinken am Horizont (2011)	C
The Levellers – One Way (1991)	C
Data – Stop (1985)	C
The Byrds – Turn! Turn! Turn! (1965)	C
Travis – Turn (1999)	C
Even as we speak – Goes so slow (1989)	C
Jay Livingston – Mr. Ed (1960)	D
Secret Service – Oh! Susie (1979)	H

Videoclips	Szene
Reinhard Mey – Der Mörder ist immer der Gärtner (1971)	8
Maverick – Den Colt am Gürtel, ein As Im Ärmel (1994)	36
Zurück in die Zukunft (1985)	37

Spoileralarm

Nachfolgend einige verworfene Ideen, die im Zusammenhang mit den verwobenen Serien und Filmen entstanden waren. Da sie gelegentlich zu viel verraten könnten, habe ich sie erst in diesem Abschnitt aufgenommen. Sie sollten erst nach Lektüre des vollständigen Drehbuchs gelesen werden:

2001: Odyssee im Weltraum/ Fringe

HAL 9000 ist nunmehr Bell 9000, da sein Schöpfer Dr. William Bell war. Aktiviert wird er durch die Anrede Belly. Es wird ein Missverständnis zwischen Mutter und Mildred erzeugt, da Mutter vom Belly Button (Bauchnabel) spricht, während Mildred Brustwarze versteht. Sie gibt ihm eine Ohrfeige. Bell 9000 ist im Weiteren der Täter, da Bruce Wayne die Parks so umwandeln wollte, dass die künstliche Intelligenz nicht mehr erforderlich gewesen wäre.

2001: Odyssee im Weltraum/ War Games – Kriegsspiele

HAL 9000 wird zur Überlistung zu dem Spiel „Tic Tac Toe" aufgefordert, bei dem es bei fehlerfreiem Spiel immer unentschieden endet.

2001: Odyssee im Weltraum

Der Kinosaal wird zu einem Zufluchtsort für die Agenten und Detektive, um der Allmacht von HAL 9000 zu entgehen.

Wayne's World/ Beverly Hills 90210

Garth Algar wird weiblich und in Garth Jennie umbenannt. Jennie Garth hat die Rolle von Kelly Taylor in Beverly Hills 90210 verkörpert. Als Frau wäre ein Giftmord plausibel gewesen. Jennie Garth wäre auf die Erbschaft von Bruce Wayne aus gewesen.

Man in the High Castle

Peter entpuppt sich als der kranke Sohn der Nazi-Größe John Smith. Dieser versteckt ihn im Paralleluniversum, damit er der nationalsozialistischen Euthanasie entgeht. Das Thema eignet sich nicht für eine bewusst rein unterhaltsame Komödie.

Westworld/ Futureworld

Beim Durchsehen der blutigen Historie der Firma Delos (Ausschnitte aus den Original-filmen) sind immer Lachkonserven zu hören, die man sonst nur von Sitcoms kennt.

Musik Ganeway – My Girl and me

Der Song kann der Untermalung von Mutters Ehekriegen dienen.

Remington Steele / William Shatner

Remington Steele verfügt über eine Auswahl an Ausweisen. Diese lauten auf Rollen von William Shatner, statt auf Rollen von Humphrey Bogart: James T. Kirk, T. J. Hooker, Danny Crayne.

Remington Steele/ Der Clou

Der Täter wird durch einen perfekt durch arrangierten Trick zur Strecke gebracht. Hier- bei sollte Daniel Chalmers offiziell und zusätzlich Lauras Mutter Abigail dabei sein.

Remington Steele

Zur Einführung der Figuren von Remington und Laura wird gezeigt, wie sie sich kennen- lernen. Es wird eine Alternative zur Pilotfolge entworfen: Harry will das Auktionshaus Sotheby's ausrauben. Er erfährt, welchen Weg ein bestimmter Artikel nimmt und über- fällt den eingesetzten Zug sehr raffiniert. Er täuscht einen allgemeinen Raub, z. B. alle Postsendungen, um die wahre Absicht zu verschleiern. Sotheby's heuert die Detektei Remington Steele an, da der Artikel unterversichert war. Holt klärt, dass die Post nur eine Ablenkung war. Sotheby's wollen aber Steele persönlich sehen und durch Zufall rutscht Harry in diese Rolle: Der Kunstsachverständige Arsène Lupin war nur eine Tar- nung und man habe geahnt, dass ein Raub ansteht. Nun ist Sotheby's restlos überzeugt, dass man die richtige Detektei hat, Problem ist nur, dass er Sachverständiger war, bevor die Detektei überhaupt beauftragt war. Die Handlung wäre aber zu dicht an der Originalhandlung des Piloten gewesen.

Die Sendung mit der Maus

Die Vorstellung der Hauptcharaktere sollte als Teaser im Stil von „Die Sendung mit der Maus" erfolgen. Da aber bereits zu viele Geheimnisse verraten werden, ist der Teaser kurzerhand in den Spoilerbereich gewandert. Bei der Vorstellung der Charaktere sind jeweils passende Ausschnitte aus dem fertigen Film zu sehen:

Dies sind **John Sweet und Emma Feel**. Sie sind Agenten. Was machen Agenten? Nun, es gibt Agenten, die sorgen dafür, dass Models oder Schauspieler Engagements bekommen und lassen sich fürstlich entlohnen. Bei John und Emma ist das aber ganz anders: Sie engagieren sich für ihr Land Großbritannien und werden dafür – wie üblich bei öffentlichen Arbeitgebern – nur mit kleinen Bezügen abgespeist. Und dies, obwohl ihr Beruf lebensgefährlich ist und der Arbeitgeber somit später oftmals die Pension einsparen kann.

Und dies sind **Remington Steel und Laura Bolt**. Sie sind Privatdetektive. Was macht ein Privatdetektiv? Nun, der Privatdetektiv ermittelt in Fällen, bei denen die Polizei keine Fälle sieht. So jagen Remington und Laura also Gauner, Trickbetrüger und Herzensbrecher. – Nein, eigentlich ist nur Laura ein Privatdetektiv. Remington hatte sie nämlich nur erfunden. Der Mann, der sich Remington Steel nennt, ist Gauner, Trickbetrüger und Herzensbrecher. Und daher ist ihm Laura natürlich verfallen.

Und dies sind **Walter und Peter Fishcop**. Der eine ein genialer, aber äußerst verschrobener Wissenschaftler, der andere sein Sohn, den das Wissen seines Vaters schafft. Sie leben weit voneinander entfernt, sehr weit. Man könnte fast sagen unendlich weit voneinander entfernt, da Peter bereits in jungen Jahren verstorben ist. Aber ist das wirklich seine Bestimmung? Gibt es nicht vielleicht doch ein Leben nach dem Tod? Nur vielleicht irgendwo anders? Und wie kommt man dort hin und – wichtiger noch – wie kommt man zurück?

Zitierte Filme

In der Serie „Remington Steele" wurden regelmäßig Filmklassiker von Remington Steele zitiert. Mithilfe von Figuren und Filmhandlungen versuchte er den einen oder anderen Fall zu lösen. Und bisweilen funktionierte es sogar. Diese Verbeugung habe ich aufgegriffen, wobei ich bisweilen nicht nur meinen Steel zitieren lasse (siehe ggf. Klammerzusatz). Filme, die in die Handlung bzw. das Setting integriert werden (z. B. „Wayne's World") bleiben bei dieser Aufstellung außen vor.

Filme	Szene
Mit Zwirn, Faden und Melone – Staatsfeind Nr. 1 (Sandwich-Man)	1, 2, 6, 9, 20, 22, 39
Mit Schirm, Darm und Patrone – Der Club der Killer (Sandwich-Man)	1, 2, 6, 9, 20, 22, 39
Stirb Langsam – Jetzt erst recht (1995) (Peter bzw. John Sweet)	1, 2
Mit Schirm, Charme und Melone (1998) (Sandwich-Man)	2
Die Traumtänzer (1989)	4
Die Olsenbande (1968)	4
Der rosarote Panther (1963)	4
Rififi (1955)	4
Highlander – Es kann nur einen geben (1986)	7
The Da Vinci Code – Sakrileg (2006)	8
Alle Mörder sind schon Da (1985)	8
Poison Ivy – Die tödliche Umarmung (1992)	8
Der Fan (1982)	8
Dark Knight Trilogie (2005, 2008 und 2012)	8
Westworld (1973)	9
Futureworld – Das Land von Übermorgen (1976)	9
James Bond – Der Morgen stirbt Nie (1997)	9
Zurück in die Zukunft (1985)	12
2001: Odyssee Im Weltraum (1968) (Mutter)	13
2010: Das Jahr, in dem wir Kontakt aufnehmen (1984) (Mildred Craps)	13
Maverick – Den Colt am Gürtel, ein As im Ärmel (1994) (Laura Bolt)	16
Telefon (1977)	27
D.O.A. – Bei Ankunft Mord (1988)	29
Batman & Robin (1997) (Alfred Anyworth)	35
Der Mann mit zwei Gehirnen (1983)	46
Das schwarze Loch (1979)	49

Trailer

Und so hat alles einmal angefangen:

Mit Zwirn, Faden und Melone – Staatsfeind Nr. 1

Drehbuch für eine Hommage auf Kultserien und Filmklassiker – Band 1

Enthält als Bonus den Kurzfilm „Boris"

Die Story (so viel darf verraten werden)

Die Agenten **John Sweet** und **Emma Feel** untersuchen den Tod von den drei Wissenschaftlern **Daniel Drüsentrieb**, **Albert Eisbein** und **IQ**, dem genialen Gadget-Entwickler von **James Pond**. Dabei gelangen sie durch einen Unfall mit dem **Time Canal** in der Zukunft auf der **MARION**, die auf **Traumpatrouille** ist. Sie müssen unbedingt wieder zurück in ihre Zeit und einen Superverbrecher stoppen. Können ihnen **drei Detektive**, **Captain Feature**, **Spuck** oder die **bezaubernde Beany** helfen?

Das Motto

Von **Mit Schirm, Charme und Melone** über **Raumpatrouille**, **Time Tunnel**, **Bezaubernde Jeannie**, **Die drei ???**, **Star Trek**, **Captain Future**, **Mondbasis Alpha 1**, **Star Wars**, **James Bond** bis zu **Harry Potter**. Dies sind nur einige der Serien und Filme, die eine liebevolle Parodie erfahren. Eine irrwitzige Geschichte mit den (Science Fiction-) Helden der 1960er Jahre im Stil von **Spaceballs**. Über 90 Minuten Angriff auf die Lachmuskeln garantiert.

Bereits bei BoD – Books on Demand.

Trailer

Die Abenteuer von John Sweet und Emma Feel aus „Mit Zwirn, Faden und Melone –
Staatsfeind Nr. 1" wurden bereits durch „Mit Schirm, Darm und Patrone – Der Club der
Killer" fortgesetzt. Wie es aber mit McCaine und seiner Bande weitergeht erfahren Sie
hier:

Traumpatrouille MARION – Sky High

Drehbuch für eine Hommage auf Kultserien und Filmklassiker – Band 4

Die Story (so viel darf verraten werden)

Während sich **Cliff „im All ist er" McCaine** noch eine Auszeit auf der **N-TER KREIS** gönnt,
droht Ungemach von verschiedenen Seiten: Der auf seinem Schiff, der **MARION**, gestran-
dete Gast **Dr. Fu Manitu** scheint McCaines Crew mitsamt **Tamara Jaglasnost** entführt zu
haben. Da er als Kommander aber eine Aufsichtspflicht hat, soll ihm der Prozess gemacht
werden. Dafür lässt Staatsanwalt und Richter **QQ** sogar einmal – zumindest fast – von
seinem Lieblingsopfer **Jean-Luc Pikant** ab. Kann der Pflichtverteidiger **Saul Hoodman**
McCaine helfen?

Das Motto

Von **Raumpatrouille (ORION)** über **Men in Black, Invasion von der Wega, Breaking Bad,
Star Wars, Pastewka, Captain Future, Bezaubernde Jeannie, Big Bang Theory, Babylon V**
bis zu **Star Trek (Raumschiff ENTERPRISE)**. Dies sind wie immer nur einige der Serien und
Filme, die auch ohne **James Bond** durcheinander geschüttelt und gerührt werden. Eine
irrwitzige Geschichte mit bodenständigen Raumfahrern und abgehobenen Bürokraten im
Stil von **Galaxy Quest**. Über 100 Minuten Angriff auf die Lachmuskeln garantiert.

Demnächst bei BoD – Books on Demand.

Inhalt

And now for something completely different

Eine leere Seite zum Schluss soll nicht sein. Daher hier ein paar Schlagzeilen aus der Hannoverschen Allgemeinen Zeitung, die mich nachdenklich gestimmt haben:

„Lastwagen kollidiert mit 300-Kilo-Stein" „SPD-Hochburg in Hannover gefallen" (beide 10.11.2019)

Man könnte einen Zusammenhang vermuten.

„Streit um die Burg" (17.02.2021)

Gemeint ist natürlich ein Schloss und keine Burg: Das Schloss Marienburg ist der Sitz der Welfen. Ernst August (Erna) von Hannover – wir erinnern uns: der Pinkelprinz von der Expo 2000 in Hannover (war die Wand des türkischen Pavillons eine Bedürfnisanstalt?) oder seine in 1998 vorangegangene Regenschirm-Attacke auf die Presse (zum Vergleich: John Steed setzt seinen Schirm ausschließlich im Dienst oder in Notwehr ein) – verklagt seinen eigenen Sohn und fordert von ihm die Marienburg zurück. Er hatte ihm das Schloss eigentlich in 2004 geschenkt, aber Erna scheint wieder im Kampfmodus zu sein und sein Sohn ist der Prügelknabe. Frei nach Carl von Clausewitz könnte ein „Krieg der Welfen" eine bloße Fortsetzung der Auseinandersetzung mit anderen Mitteln sein. Ob sich Tom Cruise bei einer Verfilmung für die Rolle von Vater oder Sohn interessiert? Geeigneter erscheinen Edward Norton und Brad Pitt, die bereits im „Fight Club" Blut geleckt haben.

Und nun zuallerletzt doch noch einmal Fermone

Fermone soll ein sehr kleiner Ort – 21 Einwohner wurden in 2011 gezählt – in der Provinz Asti der Region Piemont des Landes Italien sein, der auf einer Höhe von 199 Meter liegt. Dies behauptet Wikipedia in Kroatisch und Serbisch, aber Wikipedia in Italienisch kennt den Ort nicht. Habe ich – auf der Suche nach einem Pheromone-Ersatz – wohlmöglich eine neue Area 51 aufgedeckt?